글나무 시선 15

At Halt station
간이역에서

글나무 시선 15

At Halt station(간이역에서)

저　자 | 이희국
발행자 | 오혜정
펴낸곳 | 글나무
주　소 | 서울시 은평구 진관2로 12, 912호(메이플카운티2차)
전　화 | 02)2272-6006
e-mail | wordtree@hanmail.net
등　록 | 1988년 9월 9일(제301-1988-095)

2024년 7월 15일 초판 인쇄 · 발행

ISBN 979-11-93913-05-5 03810

값 14,000원

At Halt station
간이역에서

Mr. Lee, Hee Kuk's poetry collections

이희국 영한 시집

| Preface of 《At Halt Station》

— Compiling a poetry collection featuring poems that have been translated and covered in various international press and literary magazines

From 5 to 7 every morning, "Literary Time" awaits, the source of anticipation and the power that opens the door to a new day. Listening to the whispers of objects and tuning in to their language is an unparalleled blessing. At 7 in the morning, starting the second day, I look at myself in the mirror and make a promise every day. "Who will I meet today, and what comfort and love can I share?"

Proudly, poems from more than 20 countries including Greece, Italy, Spain, Albania, the UK, USA, France, Belgium, Egypt, Mexico, Venezuela, Bolivia, India, Turkiye, Taiwan, Nepal, Vietnam, Pakistan, Kosovo, Uzbekistan, and Tajikistan, have been introduced in esteemed newspapers and magazines worldwide, totaling over 50. These works have been compiled into one book.

I express my gratitude and respect to the world-renowned poets who sent their recommendation messages for the publication of the poetry collection, especially poet Mr. Lee Kuei-shien from Taiwan, poet Mr. Tarık Günersel from Turkiye, poetess Ms. Angela Kosta from Albania, poetess Ms. Mariela Cordero from Venezuela, poet Mr. Md Ejaj Ahamed from India, poet Mr. Rupsingh Bhandari from Nepal, and poetess Ms. Kieu Bich Hau from Vietnam. I will repay this blessing of breathing together with the world's intellects by writing even better poetry.

| 서문

세계 언론과 문학지에 번역 보도된 시를 모아 시집을 엮다

새벽 5시에서 7시, 날마다 맞는 '문학의 시간'은 기다림의 원천이며 새날의 문을 열게 하는 힘이다. 사물의 숨소리를 들으며 그들의 언어를 찾기 위해 귀 기울이는 일은 더할 수 없는 축복이다. 두 번째 하루를 시작하는 아침 7시, 거울에 비친 나를 보며 날마다 다짐한다. '오늘은 어떤 등장인물을 만나 어떤 위로와 사랑을 나누어 드릴까' 하고.

영광스럽게, 그리스, 이탈리아, 스페인, 알바니아, 영국, 독일, 미국, 프랑스, 벨기에, 이집트, 멕시코, 베네수엘라, 볼리비아, 인도, 튀르키예, 대만, 네팔, 베트남, 파키스탄, 코소보, 우즈베키스탄, 타지키스탄 등 20여 개국의 언론과 그동안 존경해 온 세계 유수의 잡지에 다양한 언어로 50여 편의 시가 소개되었다. 이 작품들을 하나의 책으로 엮었다.

특히 시집 출판을 축하하기 위해 글을 보내주신 세계

적 시인 대만의 리쿠이센(李魁賢) 시인님, 튀르키예의 타릭 귀너셀(Tarik Gűnersel) 시인님, 알바니아의 안젤라 코스타(Angela Kosta) 시인님, 베네수엘라의 마리엘라 코르데로(Mariela Cordero) 시인님, 인도의 MD 에자그 아흐메드(MD Ajaj Ahamed) 시인님, 네팔의 룹싱 반다리(Rupsingh Bhandari) 시인님 그리고 베트남의 키이우 비크 하우(Kieu Bich Hau) 시인님께 감사를 드리며 존경을 표한다. 세계의 지성들과 함께 호흡하게 된 이 축복을 더욱 좋은 시로 보답하겠다.

In combination of soft and rigid appeals

By Lee Kuei-shien

The appeals of poetry can be divided into those that tend to be soft and those that tend to be rigid. From the poetry book 《At Halt Station》 by Lee Hee-Kuk, I found that the soft appeal is particularly obvious in those poems describing family love, while the rigid appeal appears in those poems connecting with external objects.

Take the poem 〈Father〉 for example, it describes that when the poet was young, his family was so poor that had no money to pay for his tuition. His mother was trying to raise money everywhere. His father, who is highly educated but poor, shouted that he would burn all the useless books he had to learn. However, the poet understands his father's heart and decides to buy a house to gather the family scattered due to poverty.

My wish was to buy my parents a house.

I cried for a long time when I saw my father face to face.

15 years later, I see my father's portrait.

You are smiling brightly.

The poet also described his mother in the poem 〈Mother's Twilight〉, that she spent her entire youth in the knitting sound of sewing machine, struggling to make money for the tuition of her child, and going to work with an empty stomach, but her child felt sad being unable to help her. However,

The sewing machine my mother operated all her life

Next to her broken self who forgot how to operate

There were piles of scraps of fabric that could not be thrown away.

The memory of his mother in this poetry book 《At Halt Station》 is particularly touched. For example, in the poem of 〈Clock running backwards〉, the poet describes the scene when mother washing his pants at four years old, and as soon as his mother got old, he expressed the feeling on feedback to wash his mother's pants:

Night when the family sleeps

Swallowing the bitter smell like my mother back in the day

I close the door tightly and make no noise as I wash her pants.

Just like my mother washed my four-year-olds.

The memory of his mother reveals a very warm and touching humanity from small detail. Many people may have similar experience, but the feelings retained in the poem will always make more touching. As in the poem of 〈Ask the Stars〉, it seems quite plain at start, but directly impacts every soul:

After the summer rain stops, Gyeryongsan Mountain Lodge at night

I met the sky that I used to see with my mother when I was a child

The external images for rigid appeal are very strong in the poems by Lee Hee-Kuk. The extension of the metaphor is unexpected, and the impact causes very reflective effect. Take the poem of 〈White Bone〉 for example, it describes the life of salt producing workers:

Beneath the scorching summer sun, through the toil of salt workers,

born are the white bones of the sea.

The salt harvested after the seawater evaporates is regarded as the “white bones of the sea”. In fact, it also a metaphor for the bones of the salt workers after exhausting their efforts.

Another example is in the poem of 〈Towards Peace〉, that in the process of pursuing peace, a thrilling countercurrent is encountered, producing a very strong rigid appeal:

Someone’s greed

Tramples upon the wound of those unfulfilled,

And those wounds gather, protruding like scars.

The poem of 〈Halt station〉, at beginning, transfers from a static state of “several layers of silence lie like railroad sleeper tie” to the dynamic state of “When the railroad track bent into a corner”, the space suddenly encounters a collision, “the corner of the sky is torn apart”, then extends to the end “There is a wrinkled time that do not straighten out” The entire space and time are deformed, showing a very diversified rigid appeal.

What is particularly interesting is the topic poem 〈Bridge〉 in this book, which begins with a very rigid appeal:

A bridge to the island is built,
people crossed the sea on foot

The construction of a bridge does not only ask strong and must bear the load, further requires long-lasting, even for more long-term in crossing the sea. A Korean teacher appears in the middle stanza, replacing parents who worked late at night:

he took my hand and led me to the office and home
....
The love that made me ride on his shoulders,
It was a bridge which connects winter to spring

It turns here to the warm and soft appeal, the line "......" is interspersed with "A flower that bloomed in a remote corner, caressing it" for further enhancing the warm atmosphere. The teacher's love becomes "a bridge which connects winter to spring", which is not only in combination of soft and rigid appeals, mixed as a whole, but also the rigid image of bridge is soften.

I am very moved in reading the collection of poems 《At Halt Station》 by Lee Hee-Kuk, and would like to recommend it to the readers who love poetry.

On April 18, 2024

兼具柔性和剛性訴求

李魁賢

詩的訴求有偏向柔性和偏向剛性之分, 在李熙國詩集《在簡單車站》裡, 我發現在描寫親情的詩裡, 柔性訴求特別明顯, 而剛性訴求則出現在對外在物象的關聯性。

例如在〈父親〉這首詩寫到年少時家窮, 沒有錢繳學費, 母親到處籌錢, 出身名門望族的父親喊著要把所有無用的書燒掉, 當時, 他立志要買一棟房子給父母。

> 我面對面望著父親, 哭了很久。
> 15年後, 我看到父親的遺像。
> 你笑得很燦爛。

詩人另外在〈母親的黃昏〉詩裡描寫母親, 一生的青春消耗在縫紉機的編織聲裡, 拚命賺錢為孩子籌備學費, 空著肚子去上班, 孩子卻苦於幫不上忙, 然而：

母親一生操作的縫紉機
旁邊是她忘記如何運作的破碎自身,
那裡有成堆碎布, 丟不掉。

在詩集《橋》裡對母親的懷念特別令人感動, 例如在〈時鐘倒轉〉裡描寫到母親為他四歲時洗內褲的情景, 等母親老了, 反饋為母親洗內褲的心情：

夜晚趁家人已入睡
我像當年母親一樣忍耐惡臭
把門關緊, 好為她洗內褲不發出聲音。
就像母親幫四歲的我清洗時一樣。

對母親的懷念, 從小地方透露出非常溫馨動人的人性, 許多人可能都有類似的經驗, 但留連在詩中的情懷, 永久令人感動不已, 像〈問群星〉, 起頭看似平淡, 卻直接衝擊人人心靈：

夏雨停後, 夜晚在雞龍山山莊
我碰見童年常和母親一起眺望的天空

剛性訴求的外在物象, 在李熙國的詩中非常強烈, 暗喻的延伸出人意外, 衝擊力很有反省作用, 像〈白血〉描寫製鹽工人的生活：

在酷熱夏陽下，鹽工辛苦勞動，

生產的是海的白骨。

把海水蒸發後，收成的鹽看做「大海的白骨」，其實也暗喻鹽工耗盡心血後的白骨。

又如在〈邁向和平〉裡，追求和平的過程中，遇到令人驚心動魄的逆流，產生很強烈的剛性訴求：

有人貪婪

踐踏那些未實現的傷口，

那些傷口聚在一起，突出如像疤痕。

〈車站〉初始從「數層寂靜像鐵路枕木一樣躺著」的靜態，轉移到「當鐵軌彎成死角時」的動態，空間突然遭遇到衝撞，「天空的角落被撕裂」，延到最後「皺紋的時間拉不直」，整個空間和時間都變形，剛性訴求非常多元。

特別有趣的是詩集《橋》的主題詩〈橋〉，起頭是很剛性的訴求：

建設好通往島上的橋，

人民步行跨海

橋的建設不但要求堅固，要承載負重，而且要持久，跨海更是要長遠。中間出現韓語老師，代替工作到很晚的父母：

牽我手，帶我去辦公室和家裡。

…………………

愛讓我騎在他的肩膀上，

這是連結冬天和春天的橋。

在此轉向溫馨的柔性訴求，‘……’ 這一行穿插「撫摸開在偏僻角落的一朵花」，更加烘托溫情氛圍，老師的愛成為「連結冬天和春天的橋」，不但兼具柔性和剛性訴求，混為一體，無形中也把剛性意象的橋柔性化。

讀李熙國詩集《在簡單車站》很感動，願推薦給愛詩的讀者。

2024. 04. 18.

| 추천사

부드러움과 강직함의 조화

리쿠이셴(Li Kuixian)

시의 매력은 부드러운 것과 딱딱한 것으로 나눌 수 있습니다. 이희국의 시집 『간이역에서』를 보면, 가족애를 표현한 시에서는 부드러운 호소력이 두드러지고, 외부 대상과 연결되는 시에서는 강직한 호소력이 나타난다는 것을 알 수 있습니다. 예를 들어 「아버지」라는 시는 시인이 어렸을 때 집안이 너무 가난해서 등록금을 낼 돈이 없었다는 내용을 담고 있습니다. 그의 어머니는 여기저기서 돈을 마련하려 했습니다. 최고의 교육을 받았지만 가난했던 아버지는 '배워봐야 쓸데없는 책 다 불태워버린다'고 소리쳤습니다. 그러나 시인은 아버지의 마음을 이해하고, 빈곤으로 인해 흩어져 사는 가족들을 모으기 위해 부모님에게 집을 사드릴 결심을 했습니다.

부모님 집 사드리는 게 어린 날의 소원이었다고
편케 모시는 게 꿈이었다고

얼굴을 맞대고 한참이나 울었다
15년이 지나 영정으로 마주한 아버지
환하게 웃고 계신다.

시인은 또한 시 「어머니의 황혼」에서 어린 시절을 재봉틀 뜨개질 소리 속에서 보내며, 어머니가 아이의 학비를 벌기 위해 애쓰고, 굶주린 채 직장에 출근했다고 묘사했습니다. 그러나 아이는 어머니를 도와줄 수 없다는 사실에 슬퍼했습니다.

평생을 굴리던 재봉틀
작동법을 잊어버려 고장 난 분신 곁에는
버리지 못한 자투리 천들만 수북이 쌓였습니다

이번 시집 『간이역에서』를 보면 어머니에 대한 기억이 특히 뭉클하게 표현되었습니다. 예를 들어, 시인은 「거꾸로 가는 시계」에서 네 살 때 엄마가 바지를 빨던 장면을 묘사하고, 늙은 어머니의 바지를 빨게 되는 상황에 대한 심정을 표현했습니다.

가족이 잠든 밤
그 옛날 어머니처럼 지린내를 삼키며
문을 꼭 닫고 소리 죽여 바지를 빤다
어머니가 나의 네 살을 빨던 것처럼.

어머니에 대한 기억은 작은 부분에서도 매우 따뜻하고 감동적인 인간성을 드러냅니다. 많은 사람들이 비슷한 경험을 했을지 모르지만, 시에 담긴 감정은 언제나 더 감동적일 것입니다. 「별에게 묻다」라는 시는 처음에는 매우 단순해 보이지만 모든 영혼에 직접적인 영향을 미칠 것입니다.

> 비 개인 여름 계룡산 산장의 밤
>
> 어린 날 어머니와 함께 보던 하늘을 만났다

이희국 시인의 시에는 강직한 호소력을 지닌 외적 이미지가 매우 강합니다. 은유의 확장은 의외이며, 그 충격은 매우 성찰적인 효과를 일으키고 있습니다. 예를 들어, 「하얀 뼈」라는 시는 소금 생산 노동자들의 삶을 묘사하고 있습니다.

> 한여름 따가운 태양 아래 염부의 노동으로
>
> 태어난 바다의 흰 뼈

바닷물이 증발한 뒤 채취한 소금을 '바다의 하얀 뼈'라고 부르고 있습니다. 사실 그것은 땀 흘리는 염전 노동자들의 뼈를 비유하는 것으로 볼 수도 있습니다.

또 다른 예는 「평화를 위하여(Towards Peace)」라는 시에서 평화를 추구하는 과정에서 스릴 넘치는 역류에 직면하여 매우 강하고 강직한 호소를 하고 있습니다.

누군가의 욕심은
이루지 못한 이들의 상처를 짓밟고
그 상처들이 모여 흉터처럼 돋아나는 모난 각

「간이역」의 시는 처음에 "몇 겹의 고요가 침묵처럼 깔려 있다"라는 정적인 상태에서 "철길이 모퉁이로 휘어지던 그때"라는 역동적인 상태로 전환되면서 공간은 갑자기 충돌하게 됩니다. "하늘의 귀퉁이가 우두둑 뜯어지고 허공이 다 젖었다", 그리고 끝까지 이어지게 됩니다. "펴지지 않는 주름진 시간도 있다" 전체 공간과 시간이 변형되면서 매우 다각화된 강직한 매력을 보여주고 있습니다.

특히 흥미로운 것은 이 시집의 주목할 시인 「다리」인데, 이 시는 매우 강렬한 호소로 시작됩니다.

섬으로 가는 다리가 놓이고
사람들은 걸어서 바다를 건넜다

교량 건설은 강함과 하중을 견뎌야 할 뿐만 아니라, 바다를 건너는 데 있어서 더 오랜 시간, 심지어 장기간의 지속성을 요구합니다. 중간 연에는 밤늦게 일하는 부모를 대신해 국어 선생님이 등장합니다.

내 손을 잡고 교무실로, 집으로 데려가 주셨다
…………

목말까지 태워 주신 사랑은

겨울에서 봄을 이어주는 다리였다

여기에 따뜻하고 부드러운 매력으로 바뀌면서 "……"라는 라인에 "외진 구석에 피어 있던 꽃, 어루만지며"라는 문구가 삽입돼 따뜻한 분위기를 더욱 돋보이게 합니다. 선생님의 사랑은 "겨울에서 봄을 잇는 다리"가 됩니다. '봄'은 부드러움과 강직함의 조합이 전체적으로 섞여 있을 뿐만 아니라 다리의 강직한 이미지도 부드러워지게 됩니다.

저는 이희국 시인의 시집 『간이역에서』를 읽고 큰 감명을 받았고, 시를 사랑하는 독자들에게 추천하고 싶습니다.

2024년 4월 18일

리쿠이셴(李魁賢;Lee Kuei-shien) 시인은 1937년 타이베이에서 출생한 대만 시인이다. 대만 국가문화예술기금회이사장(國家文化藝術基金會董事長)을 역임하였고 현재 2005년 칠레에서 설립된 Movimiento Poetas del Mundo의 부회장이다.

그는 1976년부터 영국의 국제 시인 아카데미(International Academy of Poets)의 회원이 되었고 1987년에 대만 PEN을 설립했으며 조직회장을 역임했다.

1994년 한국의 아시아 시인상, 1997년 대만 룽허우 시인상, 2000년 인도 국제시인상, 2001년 대만 라이호 문학상 및 프리미어 문화상, 2002년 마이클 마두사단 시인상, 2004년 우산리엔 문학상, 2005년 몽골문화재단 시인상 등을 수상했다.

그는 2002년, 2004년, 2006년도에 인도 국제 시인 아카데미(International Poets Academy of India)의 노벨 문학상 후보로 3번이나 지명되었다.

그는 대만어로 28권의 시집을 발간하였으며 다양한 언어로 번역된 시집을 포함하여 60권의 시집을 발간하였다.

그의 작품들은 일본, 한국, 캐나다, 뉴질랜드, 네덜란드, 유고슬라비아, 루마니아, 인도, 그리스, 리투아니아, 미국, 스페인, 브라질, 몽고, 러시아, 쿠바, 칠레, 폴란드, 니카라과, 방글라데시, 마케도니아, 세르비아, 코소보, 터키, 포르투갈, 말레이시아, 이탈리아, 멕시코, 콜롬비아 등에서 번역되었다.

영역된 작품들은 “Love is my Faith”(愛是我的信仰), “Beauty of Tenderness”(溫柔的美感), “Between Islands”(島與島之間), “The Hour of Twilight”(黃昏時刻), “20 Love Poems to Chile”(給智利的情詩20首), “Existence or Non-existence”(存在或不存在), “Response”(感應), “Sculpture & Poetry”(彫塑詩集), “Two Strings”(兩弦), “Sunrise and Sunset”(日出日落) and “Selected Poems by Lee Kuei-

shien"(李魁賢英詩選集) 등이 있으며 한국어 번역본은 2016년에 발간된 『노을이 질 때(黃昏時刻)』와 2024년에 발간된 『대만의 형상(台灣意象集)』이 있다.
그는 인도, 몽골, 한국, 방글라데시, 마케도니아, 페루, 몬테네그로, 세르비아 등에서 국제문학상을 받았다.

Paintings with Words

By Tarik Günersel

The poems of Lee Hee Kuk

took me to an art exhibition

of an impressionist painter

who is a naturalist.

Thoughts and feelings are interwoven.

A big landscape painting

composed of small pictures.

Each is autonomous, but

also, a part of a puzzle: life.

문장으로 그린 그림

타릭 귀너셀(Tarık Günersel)

이희국 시인의 시는
자연주의자인 인상파 화가의
미술 전시회에 나를 데려고 갔습니다.
작은 그림으로 구성된
생각과 감정으로 완성된
큰 풍경화,
삶이라는 퍼즐을
다시 돌아보게 합니다.

타릭 귀너셀(Tarık Günersel)은 1953년에 태어난 튀르키예 시인, 연극가, 문학번역가이다. 그는 보가지치 대학(Bogazici University)에서 정치학을 전공하였고 파리 대학에서 철학 박사 학위를 받았다.

그는 시, 연극, 에세이 등 20권 이상의 책을 출판했으며, 다수의 문학 작품을 터키어로 번역하였다. 그는 정치적으로 적극적인 시를 쓰며 인권과 표현의 자유를 옹호하는 것으로 알려져 있다.

그는 문학을 촉진하고 표현의 자유를 지키는 국제 PEN 기구와 오랫동안 관련됐으며, 2009년부터 2011년까지 PEN 터키 회장으로, 국제펜의 이사로 활동해 왔다.

그는 Sedat Simavi 문학상과 PEN 터키 번역상 등의 수상 경력이 있다. 특히, 1997년 '세계시의 날(World Poetry Day)'을 제안했고 PEN International에서 받아들여 UNESCO에서 3월 21일을 시의 날로 선포했다. 그는 Samuel Beckett, Vaclav Havel and Arthur Miller 등의 작품들을 튀르키예어로 번역했다.

그의 작품들은 "The Nightmare of a Labyrinth"(mosaic of poems and stories), and "How's your slavery goin'? His Olusmak"(To Become), a "life guide for myself," includes ideas from world wisdom of the past four millennia 등이 있다.

A Poetic Odyssey of Life's Depth

By Angela Kosta

With his pen, the poet Lee Hee Kuk brings us a broad vision of life. Through various rhetoric and metaphors, the author conveys to the reader the greatness of existence, the humble love, and the wretched lives of the working classes, like the boy in the half-broken boat in the middle of the sea (a poignant metaphor for the wrecked ship - depicting living conditions amidst storms and turbulent waves, symbolizing life's difficulties), who, as he struggles onward, carries dreams on his shoulders, facing the "mutilation" of adolescence. The image of the exhausted mother falling to the ground or the father with fingers cut off is quite touching. In his poems, the author fluently expresses all aspects of daily life through verse. The line "Pour beauty into dream valleys" leaves us almost speechless, presenting the essence of everyday life.

Lee Hee Kuk is a poet with a masterfully accomplished contemporary pen.

Recently, while translating verses from different world poets, I have been deeply impressed by the inner strength that emerges from their souls. Particularly impressive have been the lyrics of Lee Hee Kuk, who represents not only Korean literature but also intercontinental literature. I would like to underline and emphasize that poets like him are essential for contemporary literature and for the future of our planet. They give us hope that not everything is lost in this cruel world, dominated by wars and environmental destruction, with nature being depleted of oxygen. Our great luxury life blinds, astonishes, and perverts us, leading us toward total misery, even though we desperately seek this well-being. It is precisely here that Lee Hee Kuk's poetry captures the attention of readers. His poems are not merely words on paper; they are a profound message calling for a total change in humanity, an existence teetering on the brink of collapse in every aspect and sphere of life. Often, we find ourselves strangers to ourselves, and Lee meticulously describes this, capturing every detail with his pen.

삶의 심연을 담은 시적 오디세이

안젤라 코스타(Angela Kosta)

이희국 시인은 그의 펜으로 우리에게 삶의 광활한 비전을 안겨 줍니다. 다양한 수사와 비유를 통해 저자는 존재의 위대함, 겸손한 사랑, 그리고 일하는 계급들의 비참한 삶을 독자에게 전달합니다. 바다 한가운데 반쯤 부서진 보트에 타고 있는 소년처럼(난파된 배를 상징하는 절실한 비유 - 폭풍과 격렬한 파도 사이에서의 생활 조건을 묘사하여 삶의 어려움을 상징함), 그는 앞으로 나아가며 사춘기의 '단절'을 마주하면서도 어김없이 꿈을 안고 있습니다. 쓰러진 엄마나 손가락이 잘린 아버지의 모습은 꽤 감동적입니다. 그의 시에선 저자가 시를 통해 일상의 모든 측면을 능숙하게 표현합니다. "꿈의 계곡에 아름다움을 부어 주라"는 구절은 우리가 탄성을 내게 할 정도로 절묘하게 일상의 본질을 보여 줍니다. 이희국 시인은 훌륭하게 현대문학의 성취를 이룬 유명한 시인입니다.

최근, 다양한 세계 시인들의 시를 번역하면서 그들의 영혼에서 나오는 내적인 힘에 깊은 감명을 받았습니다. 특히 이희국 시인의 시들은 한국 문학뿐만 아니라 국제 문학을 대표할 만합니다. 저는 그와 같은 시인들이 현대 문학과 우리 행성의 미래에 중요하다는 점을 강조하고 싶습니다. 그들은 전쟁과 환경 파괴에 지배되어 산소가 고갈되는 자연환경 속에서 모든 것을 잃어버린 것은 아니라는 희망을 줍니다. 우리의 풍요로운 생활이 우리를 속이고 놀라게 하며 왜곡하고 있습니다. 비록 우리가 이렇게 잘사는 것을 필사적으로 추구하지만, 이것이 우리를 완전한 비참함으로 이끄는 것입니다. 이런 점에서 바로 이희국 시인의 시가 독자들의 관심을 끌어들이는 것입니다. 그의 시는 종이 위에 적힌 단순한 말이 아니라, 인류의 총체적인 변화를 요구하는 깊은 메시지입니다. 때로는 우리는 우리 자신에게 낯설게 느껴집니다. 그는 섬세하게 이런 것을 묘사하고 있는데 그의 문장은 세밀하게 이를 포착하고 있습니다.

안젤라 코스타(Angela Kosta) 시인은 1973년생으로 알바니아의 엘바산(Elbasan)에서 태어났다. 그녀는 이탈리아와 모국인 알바니아에서 출판된 다양한 소설, 시집, 동화의 저자이다. 그녀는 1995년부터 이탈리아에서 살고 있다. 그녀는 알바니아어, 이탈리아어, 영어로 된 소설, 시, 동화 등 13권의 책을 출판했다.
그녀는 번역가, 시인, 작가, 홍보 담당자이자 Albania Press 신문의 부편집장이다. 그녀는 칼라브리아 라이브 신문(Calabria Live Newspaper)에 기사를 쓰고, 예술과 문화의 세계 국제잡지 《Le Muse》를 위해 이탈리아 시인들의 시를 알바니아어로 번역하고, 이탈리아 알바니아 신문 《Le Radici-Roots》에서 이탈리아 역사가와 학자 및 알바니아 학자의 다양한 기사를 번역한다. 국제 문학 잡지 《Saturno Magazine》에 글을 쓰고 있으며 알바니아 신문 《Gazeta Destinacioni》, Alb - Spirit, Word, Approach와 잡지 《Orfeu - Pristina》 등에 기사와 시를 쓰고 있다.
안젤라 코스타 시인의 작품들은 해외 30개국 언어로 번역되어 출판되었다. 그의 출판물과 번역은 다양한 대륙 및 대륙 간 국가의 다양한 문학 잡지와 신문에 게재되었다. 2024년에만 95개의 국내 및 국제 신문과 잡지에 시, 기사, 인터뷰, 서적, 리뷰 등이 게재되었다. 그녀는 다양한 잡지와 신문으로부터 수많은 상을 받았다. 2023년 Roland Lushi가 감독한 잡지 OBELISK에서 그녀를 노벨상 시인 Giosuè Alessandro Giuseppe Carducci의 작품 번역 공로를 인정하여 최고의 번역가로 선정했으며, 모로코 신문 Akhbar7은 그녀를 2023년의 저명한 인물로 선정했다. 그녀는 콜롬비아, 몰도바, 예멘, 알제리, 루마니아, 멕시코, 인도를 포함한 다양한 대학에서 명예문학박사(Honoris Causa) 학위를 받았으며 최근에는 Dean Muhammad Blik에 의해 모로코 언어 및 문학 대학에서도 학위를 받았다. 현재 한국세계문학협회 부회장으로 한국 문학의 국제화에 공헌하고 있다.

A unique perspective for sensitive souls

By Mariela Cordero(Venezuela)

The Italian poet Salvatore Quasimodo (1959 Nobel Prize winner) said about poetry:

Poetry … is the revelation of a feeling that the poet believes to be interior and personal which the reader recognizes as his own.

And that's what I feel when reading Mr. Lee Hee Kuk's poetry collection. The poet shares with us part of his personal history, his peculiar vision of the life with with sensitivity, beauty and enlightening simplicity.

I think the poet wanted to reveal part of his experiences and his inner world but he achieved something much deeper. As a poet and poetry reader, it is not difficult for me to empathize with his reflections and observations. This book is a profound exploration of his personal experiences and family life. It poignantly captures the helplessness of his father, unable to provide a better life, and the sacrifices made by his mother. It is impossible not to be moved.

Mr. Lee Hee Kuk shares his unique worldview with readers, offering a unique perspective on life and the human condition. The book addresses universal themes that resonate deeply, touching the mind and spirit of any reader, regardless of their background or experiences. The only requirement is that this reader possesses sensitivity

The poet's masterful use of language and imagery draws you into his world, making you feel a part of his journey. His words are a testament to the power of poetry to communicate complex emotions and experiences.

Any reader with a sensitive soul will be touched by the poems in this poetry collection.

I recommend reading this book and I hope that in the future Spanish-speaking readers will have the fortune to read it.

| 추천사

감수성 있는 영혼을 위한 독특한 시각

마리엘라 코르데로(Mariela Cordero)

이탈리아 시인 살바토레 콰시모도(1959년 노벨상 수상자)는 시에 대해 이렇게 말했습니다.

> 시는 시인이 내면적이고 개인적인 것이라고 믿는 감정을 독자가 자신의 것으로 인식하도록 감정을 드러내는 것입니다.

이희국 시인의 시집을 읽으면서 느낀 점은 바로 이것입니다. 시인은 자신의 개인적인 경력과 삶에 대한 독특한 비전의 일부를 감성, 아름다움, 계몽적인 단순함으로 우리와 공유합니다.

시인은 자신의 경험과 내면세계의 일부를 드러내려고 하였지만 훨씬 더 깊은 것을 성취하였다고 생각합니다. 시인이자 시 독자로서 그의 성찰과 관찰에 공감하는 것은 어렵지 않습니다. 이 시집은 그의 개인적인 경험과 가족생활에 대한 심오한 성찰이 담겨 있습니다. 더 나은 삶을 제공하지 못한 아버지의 무력함과 어머니의 희생을 통렬하게 담아내고 있어서 감동을 받지 않을 수 없습니다.

이희국 시인은 자신의 독특한 세계관을 독자들과 공유하며 삶과 인간 조건에 대한 독특한 시각을 제시합니다. 이 시집은 개인적 배경이나 경험에 관계없이 모든 독자의 마음과 정신에 깊은 울림을 주고 감동을 주는 보편적인 주제를 다루고 있습니다. 독자들에게 유일하게 필요한 것은 감수성일 것입니다.

시인의 능숙한 언어와 이미지 사용은 독자들을 그의 세계로 끌어들여 그의 여정의 일부가 된 듯한 느낌을 줄 것입니다. 그의 문장들은 복잡한 감정과 경험을 전달하는 시의 힘을 보여 주는 증거입니다.

감수성 있는 영혼을 가진 독자라면 누구나 이 시집에 담긴 시에 감동을 받을 것입니다.

저는 이 책을 읽어볼 것을 권하며, 앞으로 스페인어를 사용하는 독자들이 이 책을 읽을 수 있는 행운을 누리기를 바랍니다.

마리엘라 코르데로(Mariela Cordero) 시인은 1985년생으로 베네수엘라 발렌시아 출신으로 변호사, 시인, 작가, 번역가 및 시각 예술가로 활동하고 있다. 그녀의 시는 여러 국제 선집에 실렸으며 Third Prize of Poetry Alejandra Pizarnik Argentina(2014). First Prize in the II Iberoamerican Poetry Contest Euler Granda, Ecuador(2015). Second Prize of Poetry Concorso Letterario Internazionale Bilingüe Tracceperlameta Edizioni, Italy(2015) Award Micropoems in Spanish of the III contest TRANSPalabr@RTE 2015. First Place in International Poetry Contest #AniversarioPoetasHispanos mention literary quality, Spain(2016). Finalist Aco Karamanow International Poetry Prize, Macedonia(2022) Rahim Karim World Literary Prize(2022) 등의 문학상을 받았다.

그녀는 시집 『El cuerpo de la duda Editorial Publicarte, Caracas, Venezuela』(2013) 및 『Transfigurar es un país que amas』(Editorial Dos Islas, Miami, United States(2020)를 출간했다. 여러 국제 문학 회의에 참여했는데 프린스턴 축제, Parque Chas 국제 시축제, Bitola Literary Remembrance 국제 시 축제, Xochimilco, X Iberoamerican Festival of Fusagusagá 콜롬비아 국제 시 축제 등에 참가했다. 그녀의 시는 힌디어, 체코어, 에스토니아어, 세르비아어, 쇼나어, 우즈벡어, 루마니아어, 마케도니아어, 한국어, 히브리어, 벵골어, 영어, 아랍어, 중국어, 러시아어, 폴란드어 등으로 번역됐다.

A poet who draws with words

By Md Ejaj Ahamed

Mr. Lee Hee Kuk's poetry collection, 《At Halt Station》, is an excellent collection where he paints pictures of nature, humanity, tender parents, and his childhood memories like a skilled artist. Just as a painter uses brushes to create a picture, he does so with words. He employs vivid imagery in many poems. In my opinion, poetry is the combination of deep feelings and imagination, and I see this reflected in 《At Halt Station》, an excellent collection of poetry. I believe this poetry book will enrich world literature.

말로 그림을 그리는 시인

MD 에자즈 아흐메드(Md Ejaj Ahamed)

이희국 시인의 시집 『간이역에서』는 숙련된 화가가 자연과 인간미, 다정한 부모, 어린 시절의 추억을 그림처럼 그려낸 뛰어난 시집입니다. 화가가 붓을 사용하여 그림을 그리듯이, 그는 말로 그림을 그립니다. 그는 많은 시에서 생생한 이미지를 사용합니다. 제 생각에 시는 깊은 감정과 상상력의 결합이며, 이것이 훌륭한 시집인 『간이역에서』 잘 반영되어 있는 것을 봅니다. 저는 이 시집이 세계 문학을 풍요롭게 해줄 것이라고 믿습니다.

MD 에자즈 아흐메드(Md Ejaj Ahamed) 시인은 이중 언어를 구사하는 시인, 작가, 저널리스트, 교수, 출판인 및 평화 대사이다. 그는 1990년 2월 26일 인도 서부 벵골 무르시다바드(Murshidabad) 지역 아우랑가바드의 마헨드라푸르 마을에서 태어났다. 대학 시절 그의 벵골어-영어 시와 수필은 매년 대학 잡지 《Ayon》에 게재되었다. 그의 벵골어-영어 시와 에세이는 다양한 시 저널, 신문, 공동 도서에 게재되었습니다. 그의 연구 논문 “Discovery and the Golden Peak of Improvement”는 국제 저널 《RJELAL》에 게재되었으며, 또 다른 연구 원고 “Exploring New Trends and Innovations in English Language and Literature”는 국제 표준 도서에 게재되었다. 그는 다음과 같은 벵골어책들이 있다: 『Swopno Tori』(Dream Boat), 『Bangla Sahitya o Cinemaya Goyenda Charitra』(벵골 문학과 영화의 탐정 캐릭터), 『Maner pandulipi』(원고), 『Hrid-Canvas』(Heart-Canvas) 및 『Antarer Kabyakatha』(마음의 시), 『Paranta Sandhya』(가을 저녁).

그는 Swapner Vela Sahitya patrika(The Raft of Dreams Literary Magazine) 편집장이다. 또한, 최근에는 잡지 《International Sahitya Subarna》의 편집위원이자 자문위원으로도 활동하고 있다. 그는 인도와 방글라데시 시인들의 벵골 시집 『Kabitar Akash』(시의 천국)와 『Kabitar Aranya』(시의 숲), 『Kabitar Sagar』(시의 바다)를 편집했다. 현재 그는 다양한 신문의 기자로 일하고 있다. 그는 다양한 단체로부터 많은 상과 명예박사 학위를 받았다.

Ambassadors of Soul of Soil

By Rupsingh Bhandari

When I got the manuscript of the award-winning radiant poet from Korea Prof. Lee Hee Kuk's fourth creation, the poetry collection 《At Halt Station》, as soon as I received the files I went through his poems. I met him in Seoul. We didn't have much conversation yet we exchanged smiles. But, through his profound collection, I got an opportunity to comprehend him. He is a poet of soil, sensibility, and serenity. His poetic landscape and themes truly can bridge readers from mundane mirages to metaphysical mysteries.

Most of his poems carry deep intensity, urgency, and spiritual awareness in humans' head to heart. He plays with simple metaphors, symbols, and similes and brews a bitter truth for humans' minds and hearts. He is serious about the earth and explains the eclipsed relationship, knocking the sensibility of human behaviors, and the purity of our hearts. His deep concern for human love beautifully bridges us to the unlooked terrain of humans' inner world. He raises questions poetically; readers need to meditate on the possible answers. His lamentations, concerns, and questions dole out reads for responsibility. As he beautifully explains the love of his mother in his poem 〈Clock Running Backwards〉:

> night when the family sleeps
>
> Swallowing the bitter smell like my mother back in the day
>
> I close the door tightly and make no noise as I wash her pants.
>
> Just like my mother washed my four-year-olds.

He photographs the past and distills from his mother's love, he imagines the sacrifice of his mother and awakes his consciousness through the poems with soft symbols and images that are so beautiful, these essences are succinct and panoramically captured. Now, in the world, the lack of love and respect is turning humanity into an extremely individualistic society, moreover, it has been leading to many other problems. His words are like an unmistaken prayer for love that penetrates readers' hearts unnoticed.

Similarly, most of his poems advocate ecological concern, he seems the singer of the soil. His deep concern for nature constitutes the fundamental consciousness of the human mind. He reverberates such deep ecological connotations in his poems, he sings the song of spring, snow, rock, soil, trees, birds, bulls, and stars. He argues subtlety that all the things in creation have inherent values and are equally important as humans, as he persuades readers in the poem 〈When You Smell the Soil〉:

> My body will return to dust someday
> It smells like soil.

His profound wisdom with deep intellectuality squeezes such significant ideas, therefore, his environmental concern leads off his poetic journey for the greater good. The poet nurtures humanity through nature's stories. The human suffering and nature's inner dynamics he tries to mix and let reader to unfold themselves. This art of poet telling unsaid themes traps readers throughout his anthology.

Finally, the poet's artistic wordplay is brief but beautiful, simple but serene, this anthology propels the humans' instinct towards cosmic consciousness, indeed, it bridges the ancient gap between humans and nature's dynamics. Poet Lee Hee Kuk's witty collection has mysterious restorative power for the human soul. These universal poems need to be translated into many languages. I wish him the best in his upcoming endeavors.

| 추천사

흙의 영혼의 대변자

룹씽 반다리(Rupsingh Bhandari)

한국의 빛나는 시인 이희국 교수의 네 번째 시집 『간이역에서』 원고를 받자마자 그의 시를 훑어봤습니다. 저는 그를 서울에서 만났습니다. 많은 대화는 나누지 않았지만 미소를 교환했습니다. 하지만 그의 심오한 시집을 읽고 깊이 그를 이해할 수 있는 기회를 얻었습니다. 그는 흙과 감성, 평온의 시인입니다. 그의 시적 풍경과 주제는 독자들을 평범한 신기루에서 형이상학적인 신비감으로 연결해 줄 수 있습니다.

그의 시 대부분은 인간의 머리에서 가슴까지 깊은 강렬함, 긴급함, 영적 인식을 담고 있습니다. 그는 단순한 은유, 상징, 직유를 사용하여 인간의 정신과 마음의 쓰라린 진실을 형성하고 있습니다. 그는 지구에 대해 진지하게 생각하며 일식 관계를 설명하며 인간 행동의 감성, 그리고 우리 마음의 순수성을 두드립니다. 인간 사랑에 대한 그의 깊은 관심은 우리를 인간 내면의 보이지 않는 지형으로 아름답게 연결합니다. 그는 시적으로 질문을 던지고 있습니다. 독자들은 가능한 대답을 묵상해야 합니다. 그의 애도, 우려, 질문은 독자들이 책임감을 함께 느끼게 합니다. 그는 자신의 시 「거꾸로 가는 시계」에서 어머니의 사랑을 아름답게 설명합니다.

> 가족이 잠든 밤
> 그 옛날 어머니처럼 지린내를 삼키며
> 문을 꼭 닫고 소리 죽여 바지를 빤다
> 어머니가 나의 네 살을 빨던 것처럼.

그는 과거를 영상으로 찍으며 어머니의 사랑을 추출하고, 어머니의 희생을 상상하며 의식을 일깨웁니다. 그 본질을 간결하고 파노라마적으로 담아낸 아름다운 상징과 이미지가 담긴 시를 통해서 말입니다. 이제 세상에는 사랑과 존중의 결핍으로 인류를 극도로 개인주의적인 사회로 변화시키고 있으며, 더욱 많은 문제를 낳고 있습니다. 그의 말은 눈에 띄지 않게 독자의 마음을 꿰뚫는 사랑에 대한 절대적인 기도와 같습니다.

마찬가지로 그의 시 대부분은 생태학적 관심을 옹호하며, 그는 흙의 대변자처럼 보입니다. 자연에 대한 그의 깊은 관심은 인간 마음의 근본적인 의식을 구성하고 있습니다. 그는 봄, 눈, 바위, 흙, 나무, 새, 황소, 별의 노래를 부르며 그의 시에 이러한 깊은 생태학적 의미를 반영하고 있습니다.

그는 「흙내를 맡으면」이라는 시에서 독자들을 설득하면서 창조물에 존재하는 모든 것에는 고유한 가치가 있으며 인간만큼 중요하다는 점을 미묘하게 주장합니다.

언젠가 흙으로 돌아갈
내 몸에도 흙내가 난다

깊은 지성을 지닌 그의 심오한 지혜는 이러한 중요한 사상을 짜내므로 환경에 대한 관심은 더 큰 이익을 위한 그의 시적 여정으로 이어집니다. 시인은 자연의 이야기를 통해 인류를 키워 내려 합니다. 그는 인간의 고통과 자연의 내면적 역동성을 혼합하여 독자가 스스로 펼쳐볼 수 있도록 하려고 합니다. 말하지 않은 주제를 말하는 시인의 예술은 그의 선집 전체에 걸쳐 독자를 가두어 놓습니다.

마지막으로, 시인의 예술적인 어투는 짧지만 아름답고, 단순하지만 고요하며, 이 선집은 우주 의식을 향한 인간의 본능을 촉진하며, 실제로 인간과 자연의 역동성 사이의 고대 간극을 메워 줍니다. 이희국 시인의 재치 있는 시집에는 인간의 영혼을 회복시키는 신비한 힘이 담겨 있습니다. 이러한 보편적인 시들은 여러 언어로 번역될 필요가 있습니다. 저는 그가 앞으로 더 정진하기를 기원합니다.

룹씽 반다리(Rupsingh Bhandari) 시인은 네팔 카르날리주(Karnali Province) 출신의 시인, 단편 소설 작가, 사회 운동가, 비평가, 번역가이다. 그는 영어, 네팔어, 힌디어로 글을 쓰고 있으며 시, 단편 소설, 기사, 번역작품들을 출판하였다. 그는 『양심의 양자(Conscience's Quantum』 시집을 출간하였으며 '2020년 국제 팬데믹시선집(International Anthology of Pandemic Poetry 2020)'의 편집자였으며 'Words Highway International(문인협회)'의 설립자다. 현재 한국세계문학협회 부회장으로 활동하고 있다.

Bridging Human Experience

By Kieu Bich Hau

Mr. Lee, Hee Kuk's art of poetry is characterized by a profound exploration of human experiences and emotions, woven together with vivid imagery and introspective reflections. In these poems, Mr. Lee skillfully utilizes metaphor and symbolism to convey deeper meanings and universal truths about life, connection, and the passage of time.

One notable aspect of Mr. Lee's artistry is his use of the bridge as a recurring motif (The poem titled: 〈Bridge〉. The bridge serves as a powerful symbol of connection and transition, representing the relationships and experiences that shape us. Through the imagery of bridges, Mr. Lee explores themes of guidance, support, and the crossing from one stage of life to another. This metaphor is particularly potent in the depiction of a teacher as a "grand bridge," symbolizing the pivotal role of mentors and guides in our personal journeys.

Moreover, Mr. Lee's poems exhibit a keen sensitivity to the natural world and its parallels with human existence. The imagery of snow, flowers, and birds reflects a deep reverence for nature and its rhythms, while also serving as metaphors for the ebbs and flows of life. Through these natural symbols, Mr. Lee invites readers to contemplate the interconnectedness of all living things and the cyclical nature of existence.

Additionally, Mr. Lee's exploration of horizontality delves into the themes of endurance and adaptation. Through the image of the sparrow on an electric wire, he reflects on the resilience required to navigate life's challenges and the transformative power of perseverance. This theme resonates throughout the poems, reminding readers of the importance of resilience and the ability to endure in the face of adversity.

Mr. Lee, Hee Kuk's style of art is characterized by its depth, insight, and emotional resonance. Through rich imagery, metaphor, and introspection, his poems invite readers to contemplate the complexities of the human experience and find meaning in the interconnectedness of life.

인간 경험의 연결성

키이우 비크 하우(KIỀU BÍCH HẬU)

이희국 시인의 시적 예술은 생동감 넘치는 이미지와 내밀한 내면적 사색을 통해 인간의 경험과 감정을 깊이 탐구하는 특징이 있습니다. 그의 시에는 은유와 상징을 숙련되게 활용하여 인생의 경험, 연결성, 그리고 시간의 흐름에 관한 깊은 의미와 보편적인 진실을 전달합니다.

이희국 시인의 시적 예술의 주목할 만한 한 가지 측면은 반복적인 동기로서의 다리의 사용입니다. 그의 시 「다리」는 연결과 전환의 강력한 상징으로 작용하여 우리를 형성하는 관계와 경험을 드러냅니다. 다리의 이미지를 통해, 이희국 시인은 안내, 지지, 그리고 인생의 한 단계에서 다른 단계로의 이동을 탐구합니다. 이 비유는 특히 "거대한 다리"로서의 교사의 묘사에서 특히 강력한데, 이는 우리가 개인적인 여정에서의 멘토와 가이드의 중요한 역할을 상징합니다.

게다가, 이희국 시인의 시는 자연과 인간 존재의 유사점에 대한 예민한 감수성을 나타냅니다. 눈, 꽃, 그리고 새의 이미지는 자연과 그의 리듬에 대한 깊은 숭배를 반영하면서도 인생의 파도치는 변화를 비유합니다. 이러한 자연의 상징을 통해 이희국 시인은 독자들에게 모든 생명체의 상호 연결성과 존재의 순환적 성격을 음미하도록 초대합니다.

또한, 이희국 시인의 수평성에 대한 탐구는 인내와 적응의 주제를 다룹니다. 전기선 위의 참새의 이미지를 통해, 그는 인생의 도전에 대처하기 위해 필요한 회복력과 인내심의 변화력에 대해 생각합니다. 이 주제는 시 전반에 걸쳐 울려 퍼지며, 독자들에게 역경에 직면했을 때의 회복력과 지속성의 중요성을 상기시킵니다.

이희국 시인의 예술형식에서는 깊이, 통찰력, 그리고 감정적 공감이 나타납니다. 풍부한 이미지, 비유, 그리고 내적 사색을 통해 그의 시는 독자들에게 인간 경험의 복잡성을 숙고하며 삶의 상호 연결성 속에서 의미를 찾도록 초대합니다.

키이우 비크 하우(KIỀU BÍCH HẬU) 작가는 베트남 문인협회 회원(Member of Vietnam Writers' Association)이며 1972년생으로 베트남 흥옌 성(Hung Yen Province) 출신이다. 그녀는 하노이 대학의 외국어(영어)사범대학을 1993년 졸업하며 본격적인 작가의 길을 걸었으며 베트남문인협회 대외업무이사(2019년부터 현재까지)를 맡고 있다. 베트남 패션잡지 New Fashion Magazine의 편집 담당, Intellectual Magazine의 부편집장 Garment의 부편집자를 역임하였으며 현재 하노이에 거주하고 있다.

그녀는 1992년에 티엔퐁(Tien Phong) 신문사와 응우옌 두(Nguyen Du School) 학교가 공동주최한 문학상을 수상하였고 2007년에 문학신문이 주최한 문학상에서 2등 수상을 하였다. 2009년에 '무술과 문학 잡지(Military Arts & Literature Magazine)'가 주최한 문학상에서 우수단편소설상을 수상하였다. 2015년에는 '해군사령부(Naval Command)'에서 주최한 문학상의 단편소설부문 최우수상을 수상하였다. 2022년에 베트남과 헝가리 문화와 문학 관계를 풍부하게 심화시킨 공적으로 다누비우스 예술상(The ART Danubius Prize)을 수상하였다.

키유 빅 하우(KIỀU BÍCH HẬU) 작가는 그 동안 시집 및 산문집, 소설집 등 22권의 저서를 출간했다. 그녀는 경북 경주 힐튼호텔에서 '한글, 세계와 소통하다'를 주제로 개최된 (사)국제PEN한국본부 주최의 '제8회 세계한글작가대회(THE 8th' INTERNATIONAL CONGRESS OF WRITERS WRITING IN KOREAN)'에 주빈국인 베트남 대표작가로 초청되어 '베트남(주빈국)에서 한글과 한글 문학의 역할'에 대한 주제로 '시(詩)의 다리로 영혼을 잇는 기적'을 발표, 대회에 참가했던 전세계 작가들로부터 많은 찬사를 받기도 하였다.

차례

차례

차
례

Bridge

A bridge to the island is built,

People crossed the sea on foot

When I was young, there was a teacher like grand bridge,

He was my bridge

Parents used return to home late at night,

I stayed in the classroom and read until dark

The day it snowed outside the window,

Warm hands wrapped around my shoulders

Korean language teacher,

He took my hand and led me to the office and home

A flower that bloomed in a remote corner, caressing it

The love that made me ride on his shoulders,

It was a bridge Which connects winter to spring

Outside the window, it snows like that day

Cars which biting their tails light up the darkness pass
Yeongjong Bridge

The road which is over the sea is bright.

다리

섬으로 가는 다리가 놓이고
사람들은 걸어서 바다를 건넜다
어린 시절 그런 대교 같은 선생님은
나의 다리였다

밤늦게 집으로 돌아오시던 부모님
나는 어둑할 때까지 교실에 남아 책을 읽었다

창밖에 눈이 내리던 날
어깨를 감싸는 따뜻한 손,
국어 선생님은
내 손을 잡고 교무실로, 집으로 데려가 주셨다

외진 구석에 피어 있던 꽃, 어루만지며
목말까지 태워 주신 사랑은
겨울에서 봄을 이어 주는 다리였다

창밖에는 그날처럼 눈이 내리고

꼬리를 문 차들이 어둠을 밝히며 영종대교를 지나고 있다

바닷물 위에 길이 환하다.

Horizontality

Sparrow on an electric wire

Until you get used to the peaceful tension of your body

There must have been a lot of embarrassment

Until we become one with the sky

How many trials have you had to endure?

Willingness to climb rather than fear

On a thin line

It would have made it possible for them to sleep too.

Underlines under the sky

Tightly woven balanced shelves.

수평

전깃줄 위의 참새
평화로운 긴장 몸에 배기까지는
수많은 허둥거림이 있었을 것이다

하늘과 한 몸이 되기까지
얼마나 많은 시련을 달게 받았을까

두려움보다는 오르려는 의지가
가는 줄 위에서
잠도 잘 수 있게 만들었을 것이다

하늘 아래 밑줄들
촘촘히 엮인 균형 잡힌 선반.

Halt station

Several layers of silence lie like railroad sleeper tie

This place

Time which does not look back

There is only a disappearing direction to look at for a long time

When the railroad track bent into a corner,

the corner of the sky is torn apart,

the space is wet

Season of deafness,

Time is deaf

The expression of spring that has come back from a long way,

Yellow on the railroad

At what point did the folded heart transfer?

Those who left never returned

Azaleas from the back mountain wave red hands
Another person passes by at the halt station of memories

There is a wrinkled time that do not straighten out.

간이역

몇 겹의 고요가 침목처럼 깔려 있다

이곳은
뒤를 돌아보지 않는 시간과
오래도록 바라보는 사라진 방향만 있다

철길이 모퉁이로 휘어지던 그때
하늘의 귀퉁이가 우두둑 뜯어지고
허공이 다 젖었다

난청의 계절
시간은 귀가 어두워
먼 길 한 바퀴 돌아온 봄의 표정이
철길에 노랗다

접힌 마음은 어느 지점에서 환승했을까
떠난 이들은 아무도 돌아오지 않았다

뒷산 진달래가 붉은 손을 흔들고

기억의 간이역으로 또 누군가 스쳐간다

펴지지 않는 주름진 시간도 있다.

After you come and go

Trying to remove a red, rusty nail,

The head broke, and I couldn't pull it out.

Knocking the nail that sticks out halfway,

I pushed it completely out of sight.

Placed a sticker over it.

Only I know.

당신이 다녀가고

벌겋게 녹슨 못을 빼려다
못대가리가 부서져 뺄 수가 없자
반쯤 튀어나온 못을 두드려
아예 보이지 않게 박는다
그 위에 감쪽같이 스티커를 붙인다
나만 안다.

Then the lightning passed by

A strong wind blows

The lightning crossed a line

The upright sunflower broke its neck

The black sky struck again with thunder.

That sound soaked the top of my head

Listening to the sound of thunder chasing after me, even shaking the window

I take out the memories hidden behind the shadows

How many sins have I committed?

I once stepped on an ant while walking down the street.

I couldn't have stepped on it

One day I accidentally broke a tree branch.

The tree had no choice but to put out new shoots,

The branch wasn't in the direction It wanted to begin with.

I also spilled someone's secret on the street.

I completely forgot about them

Another flash, a bamboo stick telling me to tell the truth

Has the tree outside the window committed any sins?

It calmly facing the rain.

그때 번개가 지나갔다

강풍이 불고
번개가 빗금을 그으며 지나갔다

꼿꼿하던 해바라기가 목을 꺾었다
검은 허공이 우레와 함께 또 한 번 빗금을 쳤다
그 소리가 내 정수리를 적셨다

창문까지 흔들며 뒤쫓아오는 천둥소리에
그림자 뒤로 숨겨 놓은 기억을 꺼내 본다
지은 죄가 몇 가지나 되는지

길을 가다가 개미를 밟은 적이 있었다
밟지 않을 수도 있었다
어느 날 나뭇가지를 무심코 꺾은 적이 있었다
그 나무는 어쩔 수 없이 새순을 내밀었지만
애초에 그가 원하던 방향이 아니었다
누군가의 비밀을 길에 흘리기도 하였다

그것들을 까맣게 잊고 살았다

또 한 번 번쩍, 이실직고하라고 죽비를 친다

창밖의 나무는 지은 죄가 없는지
태연히 비를 맞고 있다.

Fall asleep covered in moonlight

The boat fell asleep holding on to a rope.
That wooden ship
After the storm that came a few days ago went far out to sea,
The wooden ship is in a deep sleep.

The fisherman's forearm that raised even the cries of birds
Even the strong arms of a fisherman are anchored somewhere
A predator stirring in the water
A school of small fish being chased
By now, they too must have been hiding and sleeping among some seaweed.

Even the waves that grew after drinking the milk of the sea
I'm resting now

The moonlight gently sways as if stroking your back
No one can touch this silence

This deep sleep was left behind by the storm.

달빛을 덮고 잠들다

밧줄 하나 붙잡고 잠이 든
저 목선
며칠 전 들이닥친 풍랑이 먼바다로 빠져나간 후
모처럼 깊은 잠에 빠져 있다

새들의 울음마저 끌어올리던
어부의 억센 팔뚝도 어디선가 닻을 내리고
물속을 휘젓던 포식자와
쫓기던 작은 물고기 떼도
지금은 어느 해초 사이에 숨어 잠들었을 것이다

바다의 젖을 먹고 자란 파도마저
지금은 휴식이다

등을 쓸어 주듯 잔잔하게 일렁이는 달빛
이 고요를 아무도 건드릴 수 없다

이 깊은 잠은 풍랑이 놓고 간 것이다.

When you smell the soil

The soil is a warm womb

Holding on to the lifeline of darkness
Buds showing their heads in the spring air
Squeeze through the gap and carry the soil with you.

When you stick your head out into the world
The soil supports their delicate legs.
A land that opens the first door of your life
The narrow path of life is opening in the spring sunlight.

I don't know the pain of the forest
The mountains and fields are writhing in pale green color.

Stepping on the invisible stairs in the air
Towering pine trees, cypress trees, and metasequoia trees

All of those things that have hot pulses throughout the four seasons

They grew tall through the suffering of life.

When October comes, silent incontinence spreads.

Annual short weeds

They secretly bury the well-ripened seeds in the womb of the earth.

I'm in a hurry to get ready to go back.

It grows by eating the flesh of the soil and returns to the soil again.

Crumbs of soil

The parting ceremony of the forest will begin

My body will return to dust someday

It smells like soil.

흙내를 맡으면

흙은 따스한 자궁이다

어둠의 젖줄을 물고
봄기운에 머리를 내미는 새싹들
틈을 비집고 흙을 이고 나온다

세상 밖으로 머리를 내밀 때
흙은 그들의 여린 다리를 잡아 준다
생애 첫 문을 열어 주는 땅
봄 햇살에 좁은 산도가 열리고 있다

나는 숲의 진통을 알지 못하는데
산과 들이 연둣빛으로 꿈틀거린다

보이지 않는 허공의 계단을 딛고
우뚝 일어서는 소나무, 잣나무, 메타세쿼이어
사계절 맥박이 뜨거운 저것들도 모두
산통을 겪으며 키가 자랐다

소리 없는 실금이 번져 가는 10월이 오면
한해살이 키 작은 잡초들은
잘 여문 씨를 슬며시 땅의 자궁에 묻어 두고
돌아갈 채비를 서두른다

흙의 살을 먹고 자라 다시 흙으로 회귀하는
흙의 부스러기들
숲의 이별식이 시작될 것이다

언젠가 흙으로 돌아갈 내 몸에도
흙내가 난다.

Father

My father always turned his back

Highly educated father from a prestigious family

The dreams of youth are shattered by the whirlwind of history.

He didn't want to see fools leading, so he looked behind the times.

When my mother went everywhere to look for money because I didn't have tuition,

My father ran out shouting that he would burn all the useless books.

I used to hear small cries from afar

When the rice jar is empty

I went out with a radio that was like a friend.

The radio sounded as if the volume had been turned up to the limit.

A soap opera on the 20th anniversary of liberation that made the alley cry

It was a meal that the family of five ate by ear.

The incandescent light flickers with anxiety, not knowing when it will go out.

When his son bought a house in his father's name,

My father came running with the angriest face in 35 years.

Why are you so nice to me? What a harsh feeling!

No, because you are the father

My wish was to buy my parents a house.

I cried for a long time when I saw my father face to face.

15 years later, I see my father's portrait.

You are smiling brightly.

아버지

아버지는 언제나 돌아서 있었다
명문가의 고학력 아버지
역사의 회오리에 청운의 꿈 부서지고
하수들 설치는 꼴 보기 싫어 시대의 뒤편만 찾아다녔다

등록금 없어 어머니가 사방으로 뛰어다닐 때,
배워봐야 쓸모없는 책 다 태워 버린다고 소리치고 나가던 아버지
멀리서 작은 울음이 들려오곤 했다

쌀독이 바닥을 드러내면
친구 같은 라디오를 들고 나갔고
한계까지 볼륨을 올린 듯 라디오가 울었다
골목이 떠나가도록 울리던 광복20년 연속극
다섯 식구가 귀로 먹는 밥이었다

언제 꺼질지 모르는 백열등이 불안으로 깜빡거리고
아버님 이름으로 아들이 집을 사자,
35년 만에 가장 화난 얼굴로 뛰어오신 아버지

너 나한테 왜 이렇게 잘해? 무슨 억한 마음이냐!
아니요, 아버지니까요
부모님 집 사드리는 게 소원이었다고
아버지와 얼굴을 맞대고 한참이나 울었는데

15년이 지나 영정으로 마주한 아버지
활짝 웃고 계신다.

Mother's twilight

The sound of knitting all night long
Char, char, char.
Every time, mother's youth slipped away.

We fell asleep looking at your lonely back
Every morning, I would wake up to the sound of scraping rice pots.
Even though I saw you going to work with an empty stomach
I complained that I was hungry with a half-full bowl of rice.

My mother, who is rich but loses her health and memory,
Say she's afraid of the darkness at some point

The sewing machine my mother operated all her life
Next to her broken self who forgot how to operate
There were piles of scraps of fabric that could not be

thrown away.

Phone numbers written in a notebook

A mother who can only receive

For a moment, I look at an unfamiliar figure as if I were a stranger

There is no way to help

I open your door at dawn

Every day, mother receive a new day as a gift.

어머니의 황혼

밤새워 편물 짜는 소리
차르르 차르르
그때마다 올올이 젊음이 빠져나갔습니다

당신의 쓸쓸한 등을 보며 잠들었던 우리
새벽마다 쌀독 긁는 소리에 눈을 뜨곤 했습니다
빈속으로 일 나가던 당신을 보면서도
반쯤 담긴 밥그릇에 배고프다 투정했습니다

이제 재물은 가득하지만 건강과 기억을 잃어가는 어머니,
언제부턴가 어둠이 무섭다고 합니다

평생을 굴리던 재봉틀
작동법을 잊어버려 고장 난 분신 곁에는
버리지 못한 자투리 천들만 수북이 쌓였습니다
수첩에 빽빽이 적힌 전화번호들
수신만 가능한 어머니
잠깐잠깐 타인인 듯 낯선 모습을 보면서도
무엇 하나 도울 길이 없습니다

새벽이면 열어 보는 당신의 방문
날마다 새 하루를 선물로 받으며 삽니다.

Clock running backwards

When I was four years old, I sometimes peed and pooped.

My mother cleaned it up like it was no big deal.

Fog covers your memories

How old am I?

Am I a hundred years old? Am I eighty-nine years old?

She asks her son her age

Mother,

You are the age of my childhood.

Even the memories from before are slowly erased.

That damn eraser

When she came to her senses for a moment,

To save her last bit of dignity, she put down the pants she had been washing,

She went to her room to find something.

Her bathroom is a mess, like the cabbage patch she used to fertilize.

Night when the family sleeps

Swallowing the bitter smell like my mother back in the day

I close the door tightly and make no noise as I wash her pants.

Just like my mother washed my four-year-olds.

거꾸로 가는 시계

네 살 때 나는 가끔 오줌, 똥을 쌌다고 했다
별일 아닌 듯 그것을 치웠을 어머니

당신의 기억에 안개가 덮이고
나 몇 살이니?
백 살이니? 여든아홉이니?
아들에게 묻는다

어머니,
그때의 내 나이가 되셨다
잠시 전 기억도 슬쩍 없애 버리는
저 지독한 지우개

깜빡 정신 들 때,
마지막 품위를 지키려 빨던 바지를 놓아두고
무엇을 찾으려 했는지 방으로 갔다

거름 주던 배추밭처럼 화장실이 난장이다

가족이 잠든 밤
그 옛날 어머니처럼 지린내를 삼키며
문을 꼭 닫고 소리 죽여 바지를 빤다
어머니가 나의 네 살을 빨던 것처럼.

Moon

Light quietly knocks on the window
The moonlight,
Whose warm hand sent it?

Hanging in the air all night
A lamp brightening the dark road
Whose warm heart does it belong to?

Tossing and turning, trying to soothe sleep
That warm touch,
Who sent this love?

With a promise to always stay there
Even those who are far away,
Together we look up to you.

Pushing away the darkness,
There you are, smiling brightly
The world blooms like a flower.

Here or there, all of us,

We live and die in your embrace.

달

고요히 창을 두드리는
저 달빛은
누가 보낸 손길입니까

밤새 공중에 걸려
캄캄한 길을 밝히는 등불 하나
누구의 뜨거운 가슴입니까

뒤척이는 잠을 다독이는
저 따뜻한 손길은
누가 보낸 사랑입니까

늘 그 자리를 지키는 약속에
멀리 있는 이들도
함께 당신을 우러러봅니다

어둠을 밀어내며
환하게 웃어 주는 당신이 있어
세상은 꽃처럼 피어납니다

이곳이나 그곳이나 우리들 모두
당신의 품 안에서 살고 집니다.

Ask the stars

After the summer rain stops, Gyeryongsan Mountain Lodge at night

I met the sky that I used to see with my mother when I was a child

Such a beautiful cluster of stars

What have I been so busy doing that I've forgotten about it until now?

Stars wrapped around the waves of the galaxy

Where did that river flow and come here?

Where do we meet again after the cruise?

The grimy city doesn't believe in the Milky Way,

I didn't believe in dying and becoming a star.

The face of heaven has not changed in the slightest

All those who have left my side are floating in front of me tonight

Now the past is fading

One by one, important things are missing, and I'm left empty-handed

A sparkling friendliness that comes to me

Is my place there?

Is there no trouble in that grayish-white river?

As I leave the city, I see the sky.

별에게 묻다

비 개인 여름 계룡산 산장의 밤
어린 날 어머니와 함께 보던 하늘을 만났다
저토록 아름다운 별 무리를
무엇에 쫓겨 지금껏 잊고 살았을까

은하의 물결에 멱을 감고 있는 별들
저 강은 어디로 흘렀다가 이곳에 왔는가
어느 곳 유람을 마치고 우리 다시 만나는가

때 묻은 도시는 미리내를 믿지 않고
죽어서 별이 된다는 말, 나도 믿지 않았는데
하늘의 얼굴은 조금도 변하지 않았다
내 곁을 떠난 사람 모두 오늘 밤 내 앞에 떠 있다

이제 과거는 색이 바래고
소중한 것도 하나 둘 빠져 빈손만 남았는데
반짝이며 다가오는 살가움

나의 자리도 그곳에 있는지

회백색 그 강에는 시름이 없는지

도시를 떠나오니 하늘이 보인다.

Shattered Dream

Creating shade on the park bench,

The speed that crawled relentlessly came to a halt.

Towards the sky once worshiped,

Climbing onto the roof,

Suddenly over the roof,

Wisteria vines climbing up the power lines

A house that stood in the sky for a long time,

Someone cut its foundation with a saw.

An area beyond the line,

Land severed.

The spring that hung from every branch

Even the lush purple flowers have all been lost.

Trees clinging to power lines, drying up,

Still attached to the sky,

Hanging in the air.

It dreamed of the sky,

But Its domain was the earth.

잘려진 꿈

공원 벤치에 그늘을 만들며
줄기차게 기어오르던 속도가 정지되었다

그토록 숭배하던 하늘을 향해
지붕으로 오르고
삽시간에 지붕을 넘어
전선까지 타고 오른 등나무 덩굴

오랫동안 하늘에 세운 집 한 채
누군가 톱날로 밑동을 잘라 버렸다

선을 넘은 영역,
끊겨 버린 땅

가지마다 매달던 봄도
무성한 보랏빛 꽃도 모두 잃어버렸다

전선줄을 붙잡고 메말라 가는 나무
하늘을 버리지 못한 채

허공에 매달려 있다

그는 하늘을 꿈꾸었지만
그의 영역은 지상이었다.

Apartment

Those are shelves.

They went up in a straight line and lay down one by one.

Lying on the 7th floor,

Hear a creaking sound

Bed under bed,

Toilet under toilet

Top and bottom where the ceiling and floor are joined together

Turning on and on like rice cakes on rice cakes

Thousand floors, ten thousand floors, ninety thousand floors

The light of the world is LED

Our home is a shelf

Sentences with different complexions

Stage preparing for acrobatics

We keep soaring into the air

That horizon without the smell of soil.

아파트

저것은 선반
직선으로 올라가 차곡차곡 누웠다

7층에 누워
삐거덕거리는 소리를 듣는다

침대 밑에 침대
화장실 아래 화장실
천장과 바닥이 하나로 맞물린 위아래
시루의 시루떡처럼 켜켜이
천층만층구만층
세상의 빛은 LED
우리들의 보금자리는 선반

안색이 다른 문장
곡예를 준비하는 무대
우리들은 자꾸만 허공으로 치솟는다

흙내 없는 저 지평선.

Between horizontal and vertical

The concrete giants,
Replacing earthen walls with cement,
Stand tall, boasting their height
As they tear down the hills behind.

Where wildflowers once bloomed
And grasshoppers chirped on silent slopes,
Now high-rise apartments spew artificial light.

People gather, seeking their daily bread,
Increasingly confined by towering vertical walls,
Their hearts hardening like cement,
Each living alone amidst the crowd.

The city is a sanctuary for migratory birds,
Constantly bustling with those who come and go.

Today, which bird will arrive again?

In the dazzling city where breath is stifled,

Longing for the soil,

Many depart to live away from it.

수평과 수직 사이

황토를 시멘트로 바꾼
콘크리트 거인들
뒷산을 허물고
높은 키를 뽐내며 서 있다

들꽃이 피어나고
풀벌레가 울던 나지막한 언덕
고층 아파트가 인공의 불빛을 뿜어낸다

밥줄을 찾아 모여든 사람들
갈수록 높은 수직의 벽에 갇혀
시멘트처럼 마음이 굳어가고
군중 속에서 저마다 혼자가 되어 산다

도시는 철새들의 군락지
떠나고 찾아드는 사람들로 늘 북적거린다

오늘은 또 어느 철새가 날아들까

숨이 막히는 화려한 도시는
흙을 그리워하며
흙을 떠나 살고 있다.

Bull Fight

They made the bull fight.

Win! people shouting

The sides are divided into regret and joy.

A bull that doesn't smile even if it wins

looking at the sky

He urinates like a spectacle.

Never fight with anyone, my mother advised me

I hear my mother's words in my heart

Living is

In an isolated battlefield

Something that must be fought in vain without knowing the reason.

I want to stroke the burp of a cow that was lying down.

Actually, watching a fight

It was a day when I wanted to find my mother's knees,

With my muddy, limp feet.

소싸움

싸움을 시켜 놓고
이겨라! 외치는 사람들
편들기는 아쉬움과 환희로 나누어지고
이겨도 웃지 않는 소가
하늘을 보며
구경거리처럼 콸콸 오줌을 눈다

절대 누구랑 싸우지 마라, 당부하던
어머니 그 말 가슴속에서 들리고

사는 것은
고립된 싸움터에서
연유도 모른 채 허망하게 겨루어야 하는 일

엎드린 소
여물 넘기던 울대 쓰다듬고 싶다

실상은, 싸움 구경하다
절뚝절뚝 진흙 묻은 발로
어머니 무릎을 찾고 싶은 날.

Cross screwdriver

There were times when I only favored what was big and strong.

After experiencing the crushing of screw grooves and being left with scars multiple times,

I learned that the inner self must match the strength rather than just power.

The power conveyed by the perfectly fitting size.

The screw, which once resisted so stubbornly until it rusted away,

Now, the screw opens the door to the heart,

And relax the body comfortably.

십자드라이버

크고 센 것만 좋아할 때가 있었다

나사의 홈이 뭉개지고
상처만 남는 경험을 몇 차례 하고서야
힘보다 내면의 모습이
서로 맞아야 한다는 것을 알았다

꼭 맞는 크기가 전해 주는 힘

이음새를 부둥켜안고
녹이 슬도록 버티던 나사가
마음의 문을 열고
편안하게 몸을 푼다.

When Confronted with a Fork in the Road

As hatred and resentment grow longer,
The mire deepens further.
Darkness swallows both body and mind,
And I see myself plummeting into the abyss.

The direction led by emptiness and forgiveness is
A path towards the light.
Though it's painful and long,
The stairs of peace become brighter as one goes.

Inside me, hesitating at every turn despite knowing,
Live two hearts, good and evil.

To some, unnecessarily kind,
To others,
Excessively harsh.
The contradictions of those days, too late to regret.

Even if darkness might win at times,

I cannot surrender my soul and body
To the darkness.

Rather than the pitch-black night, I head towards the bright sun.

두 갈래 길을 만날 때

미움과 원망의 시간이 길어질수록
갈수록 깊어지는 수렁
어둠이 몸과 마음을 삼켜 버리고
나락에 빠진 나를 본다

비움과 용서가 인도하는 방향은
빛을 향한 길
아프고 멀더라도 가다 보면
갈수록 환해지던 평안의 계단

알면서도 때마다 멈칫 주저하는 내 안에
두 개의 마음, 선과 악이 살고 있다

누군가에겐 필요 이상 친절하고
누군가에겐
지나치게 박절했던 때가 있다
후회해도 늦은 그날의 모순들

때로 어둠이 이길지라도

그로 인해 내 몸을
어둠에게 내어줄 수는 없다

캄캄한 밤보다는, 환한 해를 향한다.

Scent of Ink

Filled to the inkstone with the dew of night,
Rub an ink stick on an inkstone for a long time.

Though I try all night,
I can never finish drawing it all.

At every touch of the brush,
Deep yearning seeps in,
And with each stroke, longing
Spreads as fragrance.

In the end, remaining as unfilled blossoms,
Only the wind, aiming for the light,
I'm drawing again

My countless memories with you,
Denser than ink,
Yet unable to depict them like this,
Because even my waiting
Is growing weary.

묵향

밤이슬 연적에 가득 부어
오래도록 먹을 간다

온 밤 그려봐도
끝내 다 그리지 못했다

붓 닿는 자리마다
간절한 염원이 젖어 가고
한 촉 한 촉 그리움
향으로 번져나도

결국은 피지 못한 꽃으로 남아
빛을 향한 바람만
또 그리고 있다

그대와의 숱한 기억
먹물보다 짙은데
이렇게 그려 내지 못하는 것은
나의 기다림도
지쳐가고 있기 때문이다.

Rock

I was watching the lush weeds blowing away,
In the cold wind.

Living a beautiful life
Old trees that have been eaten away and become empty
I was looking at the lonely footsteps that had returned to the dirt.

Withered fields
I was watching it blossom with the song of new spring.

Time to walk a long way
The back of me being pushed away and chased somewhere else in another time
I was watching endlessly

Always in the same place,
As the name of rock.

바위

무성한 잡초들이
찬바람에 스러져 가는 것을 보고 있었다

한 아름 푸르게 살다가
구새먹어 텅 비어 버린 고목들이
흙으로 돌아간 쓸쓸한 발자취를 보고 있었다

시든 들판이
새봄의 노래로 뭉클하게 피어나는 것을 보고 있었다

먼 길을 걸어온 시간이
또 다른 시간에 밀려 어디론가 쫓겨 가는 뒷모습을
하염없이 보고 있었다

늘 그 자리에서
바위라는 이름으로.

Gap

Being able to squeeze in
It means there is still a chance

Even walls that seem solid slowly melt away
It can be soaked.

The coming of spring means
That a handful of breaths have come together to melt the thick ice wall.

When the whole world is dark,
When the wind blows so hard that it takes my breath away
I will see those slender weeds blooming through the rock.

A piece of grass under a rock
I removed the stones.
I can see the weeds sticking out with my back bent

The gap disappears
Spring has just arrived.

틈새

비집고 들어갈 수 있다는 말은
아직도 기회가 있다는 말

단단해 보이는 벽도 천천히 녹아들다 보면
온통 적실 수 있다는 말

봄이 온다는 것은
한 줌의 입김들이 모여
두터운 얼음벽을 녹였다는 것

세상이 온통 어둡고
숨이 막힐 듯 바람이 세차면
바위를 뚫고 피어난 저 가냘픈 잡풀을 보리라

바위 밑에 깔린 풀 하나
돌멩이를 치우니
허리 휜 잡초가 튀어나왔다

틈새가 사라지니
이제 막 봄이 도착했다.

Around the season of spring

In my dawn slumber,
I hear the gentle patter of water droplets,
The refreshing sound of them striking the veranda railing.
Winter is thawing.

Long ago, I harbored disdain for my homeland and distanced myself from it.
Returning now feels akin to starting anew,
The resonance and breadth of emotions,
Echoing within my heart are invigorating.

Now, the once frozen Han River flows silently, thawed.
Our lives, too, mirror this cycle of freezing and thawing.
To persist,
If not for such ebbs and flows,
What depth of emotion could life hold?

Life is
A descent and ascent,
Much like a seesaw reverting to its original position.

입춘 무렵

새벽 잠결에
물방울 똑똑 떨어지는 소리 듣는다
베란다 난간 위를 부딪치며 신선하게 다가오는 소리
겨울이 몸을 풀고 있다

오래전 내 나라가 싫어서 멀리 떠났다가
다시 돌아와 시작할 때 기분처럼
마음 선반을 두드리는 울림과 음폭이 상쾌하다

이제 얼었던 한강도 녹아서 고요히 흐르고
우리의 삶도 이렇게 얼고 녹아가는 반복을
계속하는 것
이런 기복이 없다면 삶에
무슨 감동이 있으랴

삶은
기우는가 싶으면
다시 제자리로 오르는 시소를 닮았다.

Searching for the Rainbow Bridge

In the midst of dreaming,
I found the path to dreams.

That arched rainbow,
Like a bow drawn in the sky,
Promises of dreams reaching towards heaven,
Blending seven hues,
Laying down one bridge.

Many times, reaching out
To grasp the twinkling stars,

Finding true happiness
In gazing together.

Emptiness, forgiveness, and love,
I realized later,
Craft the beautiful Rainbow Bridge.

무지개다리를 찾다

꿈을 꾸다가
꿈으로 가는 길을 알게 되었습니다

활시위처럼 휘어진 저 무지개는
하늘을 향해 바라보는 꿈의 약속
일곱 가지 색채가 어우러져
하나의 다리를 놓았습니다

반짝이는 별들을
움켜쥐려 했던 많은 시간들

함께 바라보는 것이
진정한 행복이었습니다

비움과 용서 그리고 사랑이
아름다운 무지개다리를 만든다는 것을
뒤늦게 알았습니다.

Inner angle

Inside and outside of the window
There are two boundaries.

In that transparent body born in the hot turbulence
Hiding numerous bone fragments

On a clear day, a glass window with light coming and going
The feelings inside and outside the window are different,
And the eyes on the window are blurred.
When the unbearable cold hits the windowpane
A sharp angle that pops out the moment communication stops.
Crystal frost flakes bloom on the window

Shards of the window holding on to each other as one piece
Even Their hard eyes are filled with tears

A misunderstanding as solid as ice

The warm words given first, round the sharp corners

A handful of breath erase the petals of frost.

The sound of melting winter,

It's spring now.

내면의 각

유리창에는 안과 밖
두 개의 경계가 있다

뜨거운 격랑 속에서 태어난 저 말간 몸에
수많은 뼛조각을 숨기고 있다

맑은 날, 빛이 오가던 유리창
안팎의 마음이 달라 눈시울이 흐려지고
견딜 수 없는 추위에 부딪히면
소통을 멈추고 순간 튀어나오는 예리한 각

서로를 붙잡고 한 장으로 버티는 유리창의 파편들
단단한 눈에도 눈물은 배어 있다

얼음장처럼 굳은 오해
먼저 건넨 따스한 한마디가 각진 모서리를
둥글게 하고
한 줌의 입김이 성에의 꽃잎을 지운다

겨울을 녹이는 소리,
이제 봄이다.

Dawn Sea

Looking at the night sea from a cruise ship,
A long-ago emotion sparkles on the black waves.

The father of someone, whose hand was amputated in a factory,
Someone's mother, lying paralyzed.
A civil servant, who wrote his apology and explanation in writing while helping people beyond desk-bound duties,
The wind carried the story of two men and three women, barefoot in the middle of winter.

Carrying layers of scratches from all kinds of storms,
Floating, torn by the rolling waves,
A small boat.
I asked someone's 16-year-old eldest son to buy him a life jacket.
"What is the most difficult?"
"There's nothing difficult,"

His father was injured at work, and his mother collapsed while working day and night.

He said, "I'm so glad it's my turn to work!"

The whip of the wind struck the back of my clumsy sympathy.

On a shabby boat, with no coordinates, on a pitch-black sea,

A boy rowing vigorously, with sparkling eyes.

The sea, where the waves rustled and crumpled,

I saw a faint light.

Dawn was breaking brightly in the distance.

새벽 바다

유람선에서 내려다보는 밤바다
검은 물결 위에 오래전 감동이 반짝인다

공장에서 손이 절단된 아버지
반신마비 되어 누운 어머니
탁상행정을 넘어 가족을 돕다가 시말서 쓴 공무원
한겨울 맨발의 2남3녀 이야기를 바람이 전해 주었다

온갖 풍랑에 겹겹이 난 생채기를 안고
출렁이는 파도에 찢긴 채 떠다니는
작은 배 한 척
구명동의라도 사 입히고자 열여섯 살 장남에게 물었다
제일 힘든 게 뭐니?
힘든 것 하나도 없어요
아버지 일하다 다쳤고 어머니 밤낮으로 일하다 쓰러졌는데
제가 일할 차례가 되어 너무 기뻐요!
어설픈 동정의 뒤통수를 바람의 회초리가 철썩 쳤다

칠흑 같은 바다 좌표 없는 남루한 배 위에서

반짝이는 눈으로 힘차게 노를 젓고 있던 소년

파도가 부스럭거리며 구겨지던 바다
저 멀리서
환하게 동이 트고 있었다.

Small Consolation

"Have you eaten?"

Even if it was just a word thrown carelessly

There was a time when such greetings were like a feast for my hungry spirit.

"Hi!"

Light words, spoken with a smile,

A beacon of brightness throughout my day.

There was a time when they comforted my darkened heart.

I don't know what kind of waves will crash upon anyone.

No one knows.

Someone once told me about begging

"Helping them will only worsen their habits."

Meaningless, thorny words

That weigh heavily upon my soul.

Homeless people endure the bitter cold of winter

Without shelter.

I yearn to share warmth with them.

Sincere words of comfort,

Even just one.

작은 위로

"밥은 먹었니?"
무심히 던진 한마디가
허기진 나의 의지에
한 끼의 정찬이 되어 주던 때가 있었다

"안녕!"
미소 지으며 던져 준 가벼운 말이
종일 환한 빛으로
어두운 마음을 위로하던 때가 있었다

누구에게 어떤 파도가 몰아닥칠지
아무도 모르는데,

구걸하는 이에게
"도우면 버릇만 나빠져"
의미 없이 던지는 가시 돋친 말 한마디가
하루를 우울하게 한다

한겨울에도 냉기를 껴안고 사는 노숙인들

따스한 온기를 전해 주고 싶다

진심이 담긴
말 한마디라도.

Open the sluice gate

In the freshwater lake of my heart
It contains over thirty years of time.

Children who get sick frequently like sprouts curled up in the spring cold
Like a leaf with only the veins remaining
They give all the moist and soft insides to their children.
Grumpy people sitting alone at the table
Even though they collapse from the pain
Old people gasping that they are okay,
Elderly person with dementia who erases even black and white time

The affectionate wind that passes by one by one
A lake prepared for dawn prayers

Today, at the Tokyo Pharmacy at Samjeong Intersection,
People limping
They come with pain and loneliness without a

prescription.

Empty branches that have given up all their flowers and fruits

To those with broken hearts
I open the floodgates of my heart wide
I give them comfort like sweet rain.

수문을 열다

내 마음의 담수호에는
삼십 년이 넘는 시간이 담겨 있다

꽃샘추위에 웅크린 새싹처럼 병치레가 잦은 아이들
잎맥만 남은 잎사귀처럼
촉촉하고 말랑한 속 자식에게 다 주고
식탁 앞에 혼자 앉은 푸석푸석한 사람들
통증에 무너지면서도
괜찮다고 숨을 몰아쉬는 노인들,
흑백의 시간조차 지워가는 치매 어르신

한바탕씩 스치고 가는 애틋한 바람을
새벽기도로 준비하는 호수

오늘도 삼정사거리 동경약국에는
절뚝거리는 사람들이
처방전이 없는
아픔과 외로움을 들고 찾아온다
꽃과 열매를 다 내어 준 빈 가지들

가슴 쩍쩍 갈라진 사람들에게
마음의 수문을 활짝 열어
단비 같은 위로를 포장해 준다.

Plum

What kind of woman's cheeks are so red?

Even as the plum ripens so sweetly it nearly bursts,

Until it gets crushed,

I'm just holding it.

Just sharing a glance with her,

I couldn't say a word to her.

Like that day,

Just like that day.

The heart held in my hands,

A plum shaped like a heart is trembling.

자두

어느 여인의 볼이 이리 고울까

터질 듯 달게 익어도
무르도록 손에
쥐고만 있다

눈빛만 나누다가
말 한마디 섞지 못한
그녀와의
그 날처럼

손에 잡힌 한 알의 심장이
떨고 있다.

Looking at the Bottom of the Road

Since when did his feet disappear?

Cheongnyang-ri Market, wrapping his lower body with a rubber tube,
That man, crawling on the street.

Even though the place where he fell is rough,
Grabbing a day's worth of earnings,
Enduring the pain from the bottom of the road.

Even though he's on a flat road,
In fact, he is climbing a steep mountain,
He doesn't stop even in the face of thick dark clouds.

Even during the times of my life,
There was a time when I walked with a limp in the pitch-black darkness.
Blindly holding on to a handful of light,
Even though I fell and fell, I stood up again.

Even now, when darkness approaches,

The past me who endured that day wakes me up again.

A handful of spring sunshine,

That spring sunshine,

Falls and shines on the man's head.

바닥을 바라보다

언제부터 두 발이 사라졌을까

청량리 시장, 고무 튜브로 아랫도리를 감싸고
바닥을 기어가는 저 사내

엎드린 곳은 거칠지만
하루치 벌이를 움켜쥐고
바닥의 고통을 견디고 있다

평평한 바닥 길을 가고 있지만
그는 험한 산을 등반하는 중
짙은 먹장구름 앞에서도 멈추지 않는다

나의 시간 중에도
캄캄한 어둠 속을 절뚝이며 걸을 때가 있었다
무작정 한 줌의 빛을 붙잡고
쓰러지고 쓰러져도 다시 일어섰던 나
지금도 어둠이 다가오면
그날의 내가 다시 나를 일으킨다

봄 햇살 한 줌
사내의 머리 위에
내려앉는다.

Shedding the Garments of a Thousand Years

The sound reaching toward the sky
Hammer strikes, the tail of chisel, and the chisel strikes the stone.
The sharp eyes of the stonemason
It leads to a chisel born from fire.
Occasionally, sharp chisel, it spits out flames

Finding the veins of time
The stonemason who finds the heart and opens the hidden breath
Cooling the heat in falling drops of sweat
Piece by piece
Peeling off the time chains, firmly filled

One morning
The Bodhisattva returned after a thousand years
Awakening from the sleep of oblivion
Brightly smiling.

천년의 옷을 벗다

하늘을 향한 소리
망치는 정의 꼬리를 치고 정은 돌을 친다
석공의 매서운 눈은
불길을 먹고 태어난 정으로 이어지고
날카로운 정은
이따금씩 불길을 게워 낸다

시간의 혈관을 찾고
심장을 찾아 숨길을 여는 저 석공
떨어지는 땀방울에 열기를 식히며
듬성듬성
단단하게 채워진 시간의 족쇄를
벗겨 낸다

어느 날 아침
천년을 돌아 나온 동자승이
무념의 잠에서 깨어나
환하게 웃고 있다.

Meaning of shade

Once, I ran breathlessly up a hill,

Toward a waving flag.

I walked without stopping,

Towards the faint rainbow.

To get ahead of the person ahead of me that can be seen in the distance

I didn't even glance,

The shade of the road that gave us a place to rest for a while,

Even in my tired shadow.

I just enjoyed the pleasure of getting ahead of others.

I didn't see their distorted expression.

I climbed the hill before everyone else,

And just tried to capture the flag.

Finally when I standing at the top,

I looked around and there was no one around.

From the moment I grabbed the flag,

Only the invisible wind of envy and jealousy

Was blowing towards me.

The pockets of my heart, which had a hole in them, were also empty.

What I lost when I ran only looking ahead,

The words together.

I only realized it when I was alone,

Those small, insignificant things come together,

And those become a rainbow.

그늘의 의미

펄럭이는 깃발을 향해
숨차게 언덕을 달리던 때가 있었다
희미한 무지개를 향해
무작정 쉬지 않고 걸었다

저 멀리 보이는 사람을 앞서기 위해
잠시 쉬어가라 자리를 내어 주던 길섶 그늘막도
지쳐 늘어지던 내 그림자에도
눈길 한번 주지 않았다

누군가를 앞설 때 쾌감만 누렸을 뿐
일그러진 그의 표정을 보지 못했다
남보다 먼저 언덕에 올라 깃발만 잡으려 했다

마침내 정상에 서고
둘러보니 주변에 아무도 없었다
깃발을 움켜쥔 그때부터
보이지 않던 시기와 질투의 바람만이
나를 향해 불고 있었다

구멍이 뚫린 내 마음의 주머니도 텅 비어 있었다

앞만 보고 달릴 때 흘리고 온
함께라는 말을
혼자가 되고서야 알았다
그 작고 하찮은 것들이 모여
무지개가 된다는 것을.

White Bone

Those whitish crystals are sari thrown up by the sea

Once a tumultuous deep blue sea,
Now shattered waves carried by the wind.

Beneath the scorching summer sun, through the toil of salt workers,
Born are the white bones of the sea.

Evaporated by sunlight, the sea's bones are carried in wheelbarrows,
Piled white in salt warehouses.

Salt, when melted, returns once more to the sea.

Each grain, imbued with the essence of life,
Gives rise to fish and nurtures seaweed.
A handful of briny sea uplifts the human body.

하얀 뼈

희디흰 저 결정체는 바다가 토해 낸 사리

출렁이는 검푸른 바다였다가
바람에 부서지는 파도였습니다

한여름 따가운 태양 아래 염부의 노동으로
태어난 바다의 흰 뼈

햇살에 증발한 바다의 뼈가 외발 수레에 실려
소금 창고에 하얗게 쌓입니다

녹으면 다시 바다로 돌아갈 소금이여

한 톨 한 톨 생명의 피가 깃들어
물고기가 태어나고 해초가 자랍니다
한 줌의 짜디짠 바다가
사람의 몸을 일으킵니다.

I passed by the station

High school classmates who have known each other for 40 years meet at a friend's new house move-in ceremony

The long-standing friendship led to the third celebration

After the party, I thought it was okay and headed to Ujangsan Station

I changed it twice in an hour and a half.

In the comfy chair of the last line 5, I fell into a deep sleep

"Gimpo Airport Station!"

I got off in a hurry at the sound of waking me up

At 12 o'clock at night, when the last train had gone, where were all those people?

The cold-faced building of the station stood staring at me as if it were crushing me

I was always staring at the train that was running and walking ahead of me

My direction swayed in a moment, in a twist

My consciousness of taking the kindness of the world for granted

It seemed abandoned and thrust into a dark corner

There was a time before when I missed the station I had to get off at

Boasting about passing in front of frustrated people,

Flaunt my wealth before the poor,

There was a time when I shouted to those who had never been treated well that they should respect me first

There have been many times in my life when I have taken the wrong path

But the later you turn around, the more you can be left alone on a remote street

The last train that carried me reminded me.

역驛을 지나쳐 버렸다

40년 지기 고등학교 동창 집들이
오랜 정情은 3차로 이어졌다
파장한 후 말짱하다고 생각한 나는 우장산역을 향해
한 시간 반 동안 두 번을 갈아탔고
마지막 5호선 편한 의자는 깊은 졸음 속으로 나를 끌어들였다

"김포공항역입니다!"
잠을 깨우는 소리에 엉겁결에 내린 나
막차도 가버린 밤 12시, 그 많던 사람은 어디로 가고
냉랭한 표정의 휑한 역사驛舍만 짓누르듯 나를 바라보고서 있었다
달리던 열차와 늘 우듬지만 바라보고 앞서 걷던
내 방향이 순간, 엇박자로 흔들렸다
세상의 살가움에 당연하던 나의 의식은
버려진 듯 어둠의 귀퉁이로 몰려 있었다

내려야 할 역을 놓치던 때가 예전에도 있었다
좌절한 사람들 앞에서 합격을 자랑하고

가난한 사람들 앞에서 부를 과시하고
한 번도 관심 받아본 적 없는 이들에게
먼저 바라보라 외치던 때가 있었다

살다가 잘못된 길 들어설 때가 자주 있었다
그러나 돌아설 시간이 늦을수록 외진 거리에
혼자 버려질 수 있다는 것을
나를 나르던 저 막차가 다시 일깨웠다.

When coming down from the mountain

On the day I buried my friend
Snow fell in the April sky.

I missed the last word
Like the daytime moon that can't return home

After the season departs, scattered
Those snowflakes in the air
Hoarfrost forms on the spring petals.

This lingering pain,
And the hoarfrost on the flower buds,
When we all return home,
Will soon disappears.

Late regrets,
But even they will all melt away.

산을 내려올 때

친구를 묻고 오던 날
사월 하늘에 눈이 내렸다

마지막 한마디 때를 놓쳐
집으로 가지 못하는 낮달처럼

계절이 떠난 후에 허공에 뿌려지는
저 눈발
봄날의 꽃잎에 서리가 맺힌다

저미는 이 아픔도
꽃망울에 맺힌 저 서리도
우리들 모두 집으로 돌아가면
얼마 지나지 않아 사라질 것이다

뒤늦은 후회
그러나 그것도 모두 녹아내릴 것이다.

Realizing in Autumn

A dragonfly naps on top of a cosmos flower,
Deep in slumber amidst gentle sways,
Rocked to sleep by the tender breeze.

The spider weaves its web on the air ground,
Ants march hurriedly for their colony on a busy afternoon.
The warm sunlight bathes the orchard,
Filling the gaps between flesh and flesh,
As the chambers of apples swell.

Though once I looked up at the sky with resentment,
In hindsight, both the breeze and the typhoon had reasons.
By the roadside, mugwort sway,
Growing taller with each trace of light.
The sky blankets the earth with its wide embrace.

Eyes that watched from different heights since the

beginning,

Autumn was a gift from the heavens.

Across the trees,

Each branch adorned with the melody of well-tuned birdsong.

가을에 깨닫다

잠자리 한 마리 코스모스 위에서 졸고 있다
편안한 흔들림에 잠이 깊고
살랑살랑 바람이 그의 요람이다

거미는 허방의 대지에 집을 짓고
개미는 족속을 위해 걸음이 바쁜 오후
과수원에 내리는 따가운 햇살
살과 살 사이 틈과 틈 사이
사과의 방들이 부풀고 있다

허공을 올려다보며 더러 원망도 했지만
지나고 보니 바람도 태풍도 이유가 있었다
길섶 보랏빛 쑥부쟁이도 흔들리며
빛의 발자국에 키를 키웠다
하늘은 넓은 품으로 대지를 덮어 주고

키가 다른 높이에서도 처음부터 지켜본 눈
가을은 하늘이 주는 선물이었다

건너편 나무들
잘 여문 새소리를 가지마다 내걸었다.

Menopause

Crossing over the hill of middle age,

Turning onto the path of later years,

The scars of past times draw a line,

And the collective groans of those moments,

The creaking sound of 'ai-go(Oh my gosh)'

Don't just let your body echo those words,

Listen closely.

Slowdown from the rushing speed,

Sit on the steps and catch your breath.

The saying, the more you empty, the lighter you become,

The saying, the more you erase, the freer you become.

On the barren field after the harvest,

Prepare for sowing meant only for yourself.

For the hope to flourish in your dreamland,
Start learning new things, one by one.

With the grass, birds, trees, and streams,
Face them together, sharing breaths every day.

Think deeply why the evening glow fades so quickly.

갱년기

중년의 고개를 넘어
장년의 길목으로 접어드는 그대여

지난 시간의 상처들이 잔금을 긋고
그 금들이 모여 삐걱대며 하는 말 '아이고' 소리
몸이 하는 그 말을 흘려듣지 말고
귀 기울이게
질주하던 속도 내려놓고
층계참에 앉아 숨을 돌리라는 말

비울수록 가벼워진다는 말
지울수록 자유로워진다는 말

수확을 마친 텅 빈 들판에
나만을 위한 파종을 준비하라는 말

그대의 꿈동산에서 영글어 갈 희망을 위해
하나씩 둘씩 새 배움을 시작하라는 말

들풀과 새들, 나무와 냇물
함께 마주 보며 날마다 호흡을 나누라는 말

저녁노을이 왜 금세 사라졌는지
곰곰이 생각해 보라는 말.

A Calculated Farewell

Only a frail body remains in the lash of the wind.

Willingly offering itself,
A tree steadfastly endures the chill of time,
Not fearing the whip.

The law of trees where fruit hangs from new branches,
And shedding leaves only brings forth more shoots,
Trees compete forward by shedding leaves.

After burning the final hue for the sake of new leaves,
Leaves fall, simply surrendering to the breeze,
Departing the path without regrets.

As I grow older, am I more entangled in attachments?
Unable to follow the laws of nature,
Is it resistance to a life that fades too quickly?

Though knowing emptiness brings lightness,

I still tightly grasp onto greater regrets than my heart can bear.

계산된 이별

바람의 채찍에 앙상한 몸통만 남았다

기꺼이 온몸을 내어 주고
싸늘한 시간을 꿋꿋이 견디는 나무
채찍을 두려워하지 않는다

새 가지에서 열매가 달리고
버릴수록 더 많은 싹을 갖게 되는 나무의 법칙
나무들이 앞다투어 잎을 버린다

마지막 색조를 불사른 뒤 새잎을 위해
그저 바람결에 몸을 맡기고 떨어지는 잎사귀
미련 없이 길을 떠나는데

나이 들수록 더 집착에 얽매이는 나는
자연의 법칙을 따르지 못하는 것일까
저물기에는 너무 빠른 삶에 대한 저항인가

비울수록 가벼움을 알면서도

마음보다 큰 미련을 꼭 쥐고 있다.

Reaching late autumn

Looking at the full things,
I read them as meaningless.

The times wasted just to fill up.

Sometimes luck overflowed,
But greed to fill more arose,
And occasional boasting
Made the surrounding gazes lonelier.

I remember the verdant days,
The sweet taste of that cool water,
I drank when my throat was so dry and thirsty.
The overwhelming joy as each was filled,
The lavish banquet I dreamed of in scarcity.

But now I am at an age when emptiness is more beautiful than filling.

I dream of a garden of my heart that will be as wide as

emptiness.

My blue heart, my place that will be broadened.
With full labor, for leaving and come back.
It will bring praise of comfort and hope.

만추晩秋에 닿다

가득한 것들을 보며
무의미라 읽는다

채우기만 위해 허비했던 시간들

때로는 운이 좋아 넘쳐보기도 했지만
더 채우려 욕심을 부렸고
간간이 흘린 자랑질은
주변의 눈빛을 더욱 쓸쓸하게 했다

푸르른 날들을 기억한다
목이 타도록 메마를 때 마시던 그 다디단 물맛을
하나하나 채워질 때의 그 벅찬 기쁨을
부족할 때 꿈꾸던 그 풍만했던 양식을

그러나 이제는 채움보다 비움이 아름다울 나이
비운만큼 넓어질 마음의 텃밭을 꿈꾼다

푸른 마음, 넓어질 나의 그곳에서

알찬 노동을 하며
떠나는 것과 돌아오는 것들을 위해
위로와 희망의 찬가를 불러줄 것이다.

Old speed

Waste tires in a corner of the park,
Wind flows in and out of the half-moon shaped body.

With traces of cracks here and there
That tire that was left here for the rest of its life
The tense speed of running down the road,
Carrying a heavy load has all disappeared.

How many kilometers per hour did it get here?

When it crosses the difficult mountain of youth
The wind that hit its whole body
Where is the wind wandering now?

There were no brakes in my life either.

6pm as the sun sets over the hills,
Now is the time to slow down

A man came limping through the fading sunlight,

Put down his staff,

He sits down after a tiring day.

낡은 속도

공원 한구석 폐타이어
반달의 몸속으로 바람이 드나든다

군데군데 갈라진 흔적을 안고
이곳에 여생을 내려놓은 저 타이어
무거운 짐을 지고 도로를 질주하던
팽팽한 속도는 다 빠져나갔다

몇 킬로미터의 속도로 이곳까지 왔을까

청춘의 험산을 넘을 때
온몸을 때리던 바람
지금은 어디를 떠돌고 있을까

나의 생에도 브레이크가 없었다

태양이 언덕을 넘어서는 오후 6시
이제는 속도를 늦추어야 할 나이
사위어가는 햇살 사이로 절뚝이며 다가온 사내

지팡이를 내려놓고

지친 하루를 깔고 앉는다.

Greetings

The wind is a letter sent by the stars,
The faint breath of those who have departed.

Wandering by the dawn window,
When dawn breaks, it disappears suddenly once more.

Friends who spoke of hopes while looking at the stars,
People who shielded the wind in the fields of life,
When shaken in remote corners,
Connections that became a bridge.

In every moment of loss, come to a corner of the heart,
My friends who comforted me

Today again, someone shook the window of my study early in the morning.

The window was damp,
Before I could even read the greetings,
One by one, the stars were disappearing.

안부

바람은 별이 보내온 편지
떠나간 이들의 가녀린 숨결이다

새벽 창가를 서성이다가
동녘이 밝으면 또 홀연히 사라진다

별을 보며 소망을 이야기하던 친구와
삶의 들판에서 바람을 막아 주던 사람들
외진 구석에서 초라하게 흔들릴 때
다리가 되어 주던 인연들

상실의 시간마다 마음 한구석 찾아와
위로하던 벗들이여

오늘도 나의 서재 새벽 창문을 누군가 흔들고 갔다

창가는 눅눅하게 젖었는데
미처 안부를 읽기도 전에
별이 하나 둘 사라지고 있었다.

The journey back home

That's a massive stream of water

Following its flow,
There are bent pine trees and the smell of soil on a shovel blade.

There was a time when I couldn't go even though I missed my hometown.
But now, happier than city refugees without a hometown,
Happy people who have somewhere to go

Every Chuseok, my family
Gathers in our hometown, pulled by the force of this massive stream of water

This stream was our bloodline

Today is the day the roundest moon rises on Earth
My grandparents and
My father who left first are living there

I go there to embrace the moon closer.

귀성길

저것은 거대한 물줄기

그 흐름을 따라가면
허리 구부정한 감나무와 삽날에 묻은 흙내가 있다

고향이 그리워도 못 가던 시절이 있었다
하지만 이제는 고향 없는 도시난민보다
갈 곳 있어 행복한 사람들

해마다 추석이면 우리 가족도
거대한 물줄기의 힘에 끌려 고향에 모인다

이 물줄기는 핏줄기였다

오늘은 지상에서 가장 둥근 달이 뜨는 날
그 달에 할아버지 할머니와
먼저 떠나간 아버지가 살고 있다

더 가까이 달을 품으로 그곳으로 간다.

Evening in the park

A waste tire half-stuck on one side of the playground
The semi-circle of tires is listening to the sound of evening coming, but
Tire, a tied body, has no way to run.

On the leaves of the surrounding cherry trees
The sunlight collects the fingerprints that were taken individually
Crossing the western ridge,
Across the empty playground where the children have returned
Footprints in the evening are clear
Lying waste tire
Memories set like a sunset and ran like an animal.
The wave pattern is blurry.

Stories are piled up behind the trees at the end of the day.
Time to fasten your collar

Waste tires with discharged speed

Can it burn the darkness tonight and run through this city?

While the wind starts,

Beyond today's border

The evening's family gathers in droves.

공원의 저녁

놀이터 한쪽 반쯤 박힌 폐타이어
반원의 귀로 저녁이 오는 소리를 듣고 있지만
묶인 몸 달려갈 길이 없다

주변 벚나무 이파리에
낱낱이 찍어둔 지문을 거두어 햇살은
서쪽 능선을 넘어가 버리고,
아이들이 돌아간 텅 빈 놀이터를 가로지르는
저녁의 발자국은 선명한데
엎드린 폐타이어
기억은 노을처럼 저물어 짐승처럼 질주하던
물결무늬 족적은 흐릿하다

하루를 마감한 나무들 슬하에 이야기를 쌓아 두고
옷깃을 여미는 시간

속도를 방전한 폐타이어
오늘 밤 어둠을 태우고 이 도시를 달릴 수 있을까

바람이 시동을 거는 사이,

오늘의 경계선을 넘어

저녁의 식구들이 왁자하게 몰려온다.

Faded Time

A few books I opened without thinking,
In the yellowed corners,
Forty years old time is sitting

Through several moves
And packing and unpacking,
Within the piles of books that followed me,
Preserved are the times of my youth

One day, reading through the night
Dostoevsky and Hermann Hesse
Rilke and Baudelaire
Park In-hwan's 'horse and lady', and Virginia Woolf

Like pen marks underlined,
Slowly fading scents of that day

In the books of that day
That quenched my thirst for tomorrow
Lies my forty years.

빛바랜 시간

무심코 열어본 몇 권의 책들
누렇게 변색된 귀퉁이에
사십 년 묵은 시간이 앉아 있다

몇 번을 옮겨 다닌 이사
짐을 꾸리고 풀 때도
나를 따라다닌 책더미 속에
내 젊은 한때의 시간이 박제되어 있다

어느 날, 밤새워 읽었던
도스토옙스키와 헤르만 헤세
릴케와 보들레르
박인환의 목마와 숙녀 그리고 버지니아 울프

밑줄로 남은 볼펜 자국처럼
천천히 바래간 그날의 향기들

목마른 내일을 피어나게 했던
그날의 책 속에
나의 사십 년이 들어 있다.

Inside and Outside

Below freezing point

The mercury column has descended twenty steps, and the scenery outside the window is frozen.

Nervous people without facial expressions

To warm their frozen hearts,

Evening walking with hazy breath

The street trees cry when the wind whips them.

Even the rose tree, with its leaves and branches covered in white, has its bare skin cracked by ice cubes.

The wind whistling in the gray air

It raises its claws as if looking for food, but

The glass window that swallows the heat melts the ice.

One wall in this room

That wall is protecting me

The harsher the attack, the more the frost flower blooms.

When the north wind turns its back, the frost flowers will fall

I'm waiting for the time to melt
The scenery outside knocks on the glass window and turns around.

This cozy place,
And that place are too far away.

안과 밖

빙점 아래로
스무 계단 내려간 수은주, 창밖 풍경이 굳어 있다

표정 없이 긴장한 사람들
언 마음을 데우려
뿌연 입김을 흘리며 걷는 저녁
바람의 채찍에 가로수는 울고 이파리와 가지까지
하얗게 덮인 장미나무도
얼음조각에 맨살이 트고 있다

회색 허공에서 윙윙대는 바람은
먹이를 찾는 듯 발톱을 세우지만
열기를 삼키며 녹아내린 유리창
이 벽 한 장이
나를 지켜주고 있다

공격이 거칠수록 활짝 핀 성에 꽃
저 북풍이 등을 보이면 꽃이 질 것이다

녹아내릴 시간을 기다리는데
밖에 서 있는 풍경이 유리창을 두드리다 돌아간다

아늑한 이곳과
저곳은 너무 멀다.

Fallen fruit

The apples at the market catch my eye

Fruits fallen to the ground in the claws of September typhoon winds
Faces scarred, entangled in plastic bags
My poor taste is closer to them

The grandmother, hobbling from arthritis
Since when did she flow into this market?
Which wind blew her here, alone?

Stacking a few bags of fallen fruit
Reluctant to cut into even one
Filling the empty stomach with waiting
Passing another day.

낙과

노점의 사과가 눈길을 당긴다

구월 태풍 바람의 갈퀴에
떨어진 낙과
비닐봉지에 뒤엉킨 상처 입은 얼굴들
가난한 내 입맛은 그들과 더 친하다

관절염을 앓는 절뚝거리는 저 할머니
언제부터 이 시장에 흘러왔을까
어느 바람에 떨어져 홀로 되었을까

몇 봉지 낙과를 쌓아 놓고
하나 베어 물기 차마 아까워
기다림으로 빈속을 채우며
하루를 건너고 있다.

December

The dry creak of bone pain

Silent cry
An unfulfilled cold chest

To prevent hard times,
They used to tear flesh and feed you
Still the same now
You, who dislike the past are wiping away even the traces of remaining time

Like green leaves without moisture
The sound of cracking Oh, they stand up with the sound like a cane

With a hunched body,
They only apologize Just because they are parents
They are praying for you

December is preparing to leave somewhere.

12월

메마른 통증에 삐걱거리는 뼛소리

소리 없는 울음
다 채워 주지 못한 냉가슴이다

어려운 시절 배곯지 않게
살점을 당신에게 떼다 먹이던 그들
지금도 변함없는데
예전이 싫은 당신은
초라하게 남은 시간의 흔적마저 발라내고 있다

초록 물 빠진 나뭇잎처럼
쩍쩍 갈라지는 소리
아이고, 소리를 지팡이처럼 짚고 일어선다

수북한 상체기 굴곡진 몸으로
그저 미안해만 하는 그들
부모라는 이유 하나만으로
그들이 당신을 위해 기도하고 있다

12월이 어디론가 떠날 채비를 하고 있다.

Towel

Several old business cards are hanging on a line.

My uncle's 80th birthday party from 20 years ago comes to life.

The first birthday party from 15 years ago is held again.

The inauguration ceremony from 10 years ago shows its face.

Years with stains and scars.

My uncle has passed away,

The child at the first birthday party becomes a young man.

The inauguration ceremony has turned into a retirement ceremony,

The towel still remains in its place.

Wrinkled and worn, the body has aged,

Yet it carries the evidence of that day like a tattoo.

Drying off the wetness,

Wiping away the stains,

These precious business cards of time.

Drying off the wet body,

Preparing to get wet once again.

수건

오래된 명함 몇 장 줄에 걸려 있다

20년 전 숙부의 팔순 잔치가 살아나고
15년 진 돌잔치가 나시 열리고
10년 전 취임식이 얼굴을 내민다

때 묻고 상처 입은 세월

숙부는 돌아가시고
돌잔치의 아이는 청년이 되고
취임식은 퇴임식이 되었지만
수건은 여전히 제자리를 지키고 있다

구겨지고 삶아져 몸은 바랬지만
그날의 증거를 문신처럼 품고 있다

물기를 말려 주고
때를 닦아 내는
소중한 시간의 명함들

젖은 몸을 말리고
또다시 젖을 준비를 하고 있다.

If you turn over the back page of that snowflake

Dawn of the winter solstice

A bitter wind shakes the living room window

Outside the frosted window

The wind is delivering bunches of snow

To the sound of the wind turning a page on a winter night

The edges of December are worn away

Spring comes one step closer

The forsythia that suddenly invaded the banks last spring

Remember their address

Forsythia will turn March yellow again

Wetting the window sill overnight and disappearing

The snow comes back and shakes the window frame

They will call all the names they miss here

On the back of that snowflake

The sound of a flowing stream

May roses to be embraced by the sun

Getting ready to burn red

Beyond that hill

There is something that lives in groups without form or language.

There is a wind that prays for spring.

저 눈발의 뒷장을 넘기면

동짓날 새벽
매서운 바람이 거실 유리창을 흔들고
성에 낀 창밖으로
바람이 송이눈을 배달하고 있다

겨울밤 한 페이지를 넘기는 바람 소리에
12월의 모서리가 닳고
한걸음 봄이 다가선다

지난봄 일시에 둑을 덮치던 개나리도
제 주소를 기억하고
다시 3월을 노랗게 물들일 것이다

밤새 창틀을 적시고 사라진
눈발도 다시 돌아와 창틀을 흔들고
그리운 이름들 모두 이곳으로 호명할 것이다

저 눈발의 뒷장에는
개울물 흐르는 소리와

태양의 품에 안길 오월의 장미가
붉게 타오를 준비를 하고 있을 것이다

저 언덕 너머
형체도 언어도 없이 무리 지어 사는 이들이 있다
봄을 위해 기도하는 바람이 있다.

Square Record Book

The darkness beyond the window stirs softly.

Yesterday's energy disappears to the other side.
Moonlight passes over the back wall,
Footprints at one o'clock in the morning are left here.

A piece of paper called today became the horizon and was placed in front of me.

Humidity tries to steal the wind,
Sneaking through the window.
The moisture seeps into the A4 paper faster than my heart.
There was a time when I woke up in the morning holding only a white flag.

She went a long way.
The night the last will became a star and fell here.
I couldn't leave anything on the wet paper.

This cool energy, the complaint of the moon and stars.
How should I carry all the weight of now?

On the blank page called today,
I was left with nothing.

네모난 기록장

창 너머 깔린 어둠이 나지막이 출렁인다

어제의 기운은 저편으로 빠져나가고
뒷남을 넘어가던 달빛
새벽 한 시의 발자국이 이곳에 찍힌다

오늘이라는 종이 한 장, 지평이 되어 앞에 놓였다

바람을 훔치려다
창문을 몰래 넘어온 습기가
마음보다 먼저 A4용지에 스며들어
백기만 들고 아침을 맞은 적도 있다

먼 길 떠나 버린 그녀의 마지막 유언이
별이 되어 이곳에 내리던 밤
젖은 종이에 아무것도 남길 수가 없었다

이 서늘한 기운, 달과 별의 하소연
지금의 무게를 어떻게 다 담아야 하나

오늘이라는 백지에

아무것도 남기지 못했다.

Building a Mud House

Building a mud-wall house filled with heartprints

Without blueprints, I'm constructing it

One small room where stars can be seen

And a round living room to stay up all night with friends

A few pyeong of vegetable garden to greet the dawn

In the garden, flowers of all seasons will bloom

Welcoming guests

Cherry and grape trees, tomatoes

Ripening to the sound of chirping birds

In the liquor jar

Bubbling liquor is maturing

Watching the feast of the stars spread out

Along with the liquor glasses, we too will mature.

흙집을 지으며

마음 지문 가득한 흙벽 집을
설계도 없이 짓고 있다
별이 보이는 작은 방 하나와
친구들과 밤새울 둥근 응접실도 두어야겠다
새벽을 가꿀 텃밭 몇 평도

텃밭에는 사계절의 꽃이 피어
손님을 반길 것이다

앵두와 포도나무 토마토
짹짹대는 새소리에 여물어 가고
술 단지에는
뽀글뽀글 술이 익어 가고

가득 펼쳐진 별들의 잔치를 보며
술잔과 함께 우리들도 익어 갈 것이다.

Towards Peace

When hands join to draw a circle,

Peace comes.

Even the most fruitful result can be scattered by a gust of wind.

Even the vessel of my heart forged to withstand 1600 degrees of heat,

Once it screams its final cry,

It cannot be reversed.

That beautiful heart has lost all the touch of the neighboring wind and the resonance of space.

Something that should disappear after being kicked to the ground

Even if it cries day and night in the dusty wind,

A broken vessel cannot contain anything

Someone's greed

Tramples upon the wound of those unfulfilled,

And those wound gather, protruding like scars.

Even in that empty space, peaceful winds may dwell,

But within rigid boundaries, there hides a rough, bitterly howling wind.

Those who have, show consideration, extend your hand first.

Those seeking true peace,

Forgive, and love.

Even that morning sun comes to mind holding

The hand of the evening.

평화를 위하여

손과 손을 잡고 원을 그리면
평화는 온다

오랜 저 결실도 한 줄기 바람에 흐트러질 수 있다

1600도 열기를 견디고 다져진 저 마음의 그릇도
찰나에 쩍! 마지막 비명을 지르고 나면
되돌릴 수 없는 것
이웃하던 바람의 손길, 공간의 울림도 모두 잃고
바닥에 차이다 사라져야 하는 것
깨진 그릇은 밤낮을 흙바람 속에 울어도
무언가를 담을 수 없다

누군가의 욕심은
이루지 못한 이들의 상처를 짓밟고
그 상처들이 모여 흉터처럼 돋아나는 모난 각
저 허공에도 평화로운 바람이 살지만
질긴 경계 속에서 거칠고 애타게 울부짖는
바람이 숨어 있다

가진 자여 배려하라, 먼저 손을 내밀어라
진정한 평화를 찾는 이
용서하라 그리고 사랑하라

저 아침 해도 저녁의 손을 잡고 떠오른다.

Lee, Hee Kuk(이희국)

• Lee, Hee Kuk is a Korean poet. Born in Seoul city of South Korea. He is Pharmacist and Adjunct Professor of College of Pharmacy, The Catholic University of Korea. He is a member of Executive of PEN Korean Center of PEN International. He is a Vice president of Korean Association of World Literature and president of Ieodo Literature Association. He published 5 poetry books. He won 4 Literature awards.

• 1960년 서울에서 태어나 《시문학》으로 등단했다. 시집으로 『자작나무 풍경』, 『다리』, 『파랑새는 떠났다』, 공저 『흙집을 짓다』외 다수가 있다. 국제 PEN한국본부이사, 한국문인협회 재정협력위원, 한국비평가협회 부회장, 한국세계시인협회 부회장, 시문학문인회 부회장, 《이어도문학회》 회장, 월간 《문예사조》 편집위원회장으로 활동하고 있다. 약사시인으로 널리 알려져 있으며 가톨릭대학교 약학대학 외래교수. 〈한국비평문학협회작가상〉, 〈푸른시학상〉등 다수의 문학상을 수상했다. Global Writers Academy, WORDSMITH International Editorial, Global Nation, World contemporary poets, International Federation of Governors 등에 Excellent Member로 활동 중이며, 그의 시는 그리스, 미국, 영국, 프랑스, 이탈리아, 스페인, 독일, 벨기에, 일본, 이집트, 멕시코, 베네수엘라, 볼리비아, 튀르키에, 네팔, 베트남, 인도, 파키스탄, 대만, 코소보, 우즈베키스탄, 타지키스탄 등의 Global 잡지와 언론에, 50여 편이 넘는 시가 15개 이상의 언어로 번역 소개되었다.